어느 날 네가 말했다,
나는 좀 다르다고

KB006103

25m

강원

경백

공기와 꿈

김종영

김하루

김현경

눙눙

다소

서아현

유영

이아로

꽤치볼

Me

parc

YOUNG

커밍아웃을 둘러싼 열여섯 명의 이야기

커밍아웃 이야기를 모았습니다.

퀴어 당사자가 겪은 커밍아웃 경험, 비당사자가 커밍아웃을 한 친구나 가족을 이해하고자 했던 경험을 전합니다.

레즈비언, 게이, 바이섹슈얼, 트렌스젠더, 무성애까지. 다양한 성 지향을 가진 분들과 그 주변인들이 함께 썼습니다. 각자의 지향에 따라, 또 상황과 성격에 따라 모두가 다른 커밍아웃을 이야기 합니다.

퀴어 당사자에게는 커밍아웃이 큰 용기를 필요로 하는 일일지도, 아무렇지 않은 일일지도, 혹은 더 소리쳐 말하고 싶은 일일지도 모릅니다. 비당사자들에게는 이해하려 노력해야 하는 일일지도, 혹은 조금 불편할지도, 아무렇지 않게 받아들일 수 있는 일일지도 모릅니다. 그 어려움과 두려움을 둘러싼 다양한 이야기를 담고자 했습니다.

이 책은 성적 지향에 대한 한쪽 입장을 지지하고자 만든 책이 아닙니다. 함께 살아가는 사회 구성원들의 행동과 생각, 경험을 담백하게 드러내고자 합니다. 누구나 자신의 이야기를 어려움 없이 꺼낼 수 있는 날이 오기를, 타인을 이해하고 포용할 수 있기를 바라며 이야기를 전합니다.

2023년 여름,
김현경, 송재은

어떤 존재에 대하여

둘 중에 하나만 골라
yes or yes

parc
공원 산책을 좋아한다.
공원에는 다양한 만남이 있기 때문이다.
우리 동네 공원은 매일 다른 장면을 연출하고,
다른 동네 공원은 아주 새롭다. 모든 공원이 달라서 좋은 것처럼
너와 내가, 우리가 모두 달라서 나는 좋다.

하얀 떡볶이로 유명한 이태원의 <느네집>에서 떡볶이에 소주를 마시다 말고 친구는 내게 자신의 성 정체성을 고백해 왔다. 담담히 말을 이은 뒤 양 볼이 발그레해진 그는 내게 꼭 말하고 싶었다고, 말하게 되어 기쁘다고 덧붙였다. 나를 빤히 보던 친구는 떡볶이를 뒤적였고, 나는 그저 빈 잔을 채웠다. 우리는 남은 소주를 비우며 금세 대화 주제를 바꿨다. 아마도 내가 구태여 다른 화젯거리를 찾았을 텐데, 자신의 비밀을 발설한 친구보다 아무 말도 하지 못한 내 얼굴이 더 붉어져 있었다. 그는 이내 아무렇지 않은 표정으로 가까운 곳에 괜찮은 술집이 있다며 나를 이끌었다. 2차로 자리를 옮겨 퀴어 프렌들리한 이들로 왁자한 바 테이블에 앉아 친구가 사주는 술을 한 잔, 어느 드랙 아티스트가 건네는 술을 한 잔, 누군가가 결제한 술을 또 한 잔 마셨다. 그렇게 예닐곱 잔쯤 술을 얻어마시자 취기가 올랐고, 담배를 챙겨 밖으로 나선 뒤 전화를 걸었다. 수신인은 애인, 남자친구였다.

"그런데 왜 말 안 했어?"

"모르겠어."

친구가 내게 커밍아웃을 했지만, 나는 그에게 커밍아웃하지 못했다고 애인에게 말했다. 취해서 변명이랍시고 횡설수설하다 전화를 끊은 뒤 생각했다. 왜 말하지 못했을까. 안 했다고 해야 맞는 건가. 나도 나를, 이 상황을 어떻게 받아들여야 할지 몰랐다. 다시 술집으로 들어설 때 노랫말이 크게 흘러나왔다. "둘 중에 하나만 골라 yes or yes"

장마철이었나, 해가 지고도 후텁지근한 날씨에 땀을 닦아가며 친구들과 걸은 적이 있다. 앞서 걷는 무리의 뒷모습을 보다가 가방 속에서 필름 카메라를 꺼내 사진을 찍었다. 우리 사이를 흐르는 공기 방울이 마음에 의문의 동요를 일으켰기 때문에 지금 이 순간을 사진으로 남기고 싶었다. 찰칵, 하는 소리에 뒤를 돌아보는 얼굴을 향해 뛰면서 방긋 웃어 보였다. 하지만 즐거움은 찰나에 불과하고, 우리는 한참을 더위와 습기를 가르며 걸어야 했다. 원탁에 빙 둘러앉아 생당근을 집다가 불쑥 "나 요즘 만나는 친구가 있어. 걔도 남자야." 내가 입을 열었다. 느닷없이 내밀한 이야기를 해버렸지만, 말하고 싶었다. 지금이라면 말할 수 있을 것 같았다. 후로 무슨 일이 벌어졌냐 하면, 친구들은 이전과 다름없이 술을 따라 마시고 안주를 조금씩 덜어 건넸다. 너무나도 평범한 술자리 광경이 이어졌을 따름, 드라마틱한 커밍아웃의 장면 같은 건 없었다. 열기는 식었지만, 땀에 젖은 양팔이 끈적했고 술을 얼마 마시지 않았는데도 머리가 핑 돌았다. 정확히 무슨 말을 했는지, 어떤 말을 들었는지 잘 기억나지 않는다. 친구들도 조심하며 슬금슬금 대화의 방향을 틀었던 것 같다. 화장실에 다녀오는데 친구 하나가 복도에 서서 나를 기다리고 있었다. 걔랑 둘이서 담배를 피우기로 하고 불을 막 붙였을 때, "오빠, 나는 사실 여자를 좋아해." 친구가 다물고 있던 입을 열었다. 얼마나 다음의 말을 고르고 골랐을까. 담배를 피우다 말고 친구를 안아주었다. 나는 그것을 유대감이라 생각했다. 모종의 슬픔을 전제로 하는, 너와 나 사이로 흐르는 무언의 위로 말이다. 불어오는 밤공기가, 습기를 머금은 공기 방울이 보드라웠다. 어쩌면 그날의 공기는 평소와 같았고, 단지 누군가의 그림자가 일렁였던 건지도 모르겠단 생각을 했다. 얘도 말하고 싶었을 테고, 말할 수 있을 것 같았을 것이고, 후련함과 한탄 사이에서 흔들렸겠지.

　내가 경험한 몇몇 커밍아웃 순간을 떠올려 본다. 한 친구는 결연한 어조로 내게 자신의 성 정체성을 확고히 했고, 어떤 이는 내 품에 안겨 울면서 그동안 간직해 온 비밀을 털어놓았다. 내가 마주한 커밍아웃 장면을 돌아보니, 늘 술자리였다. 그들은 꼭 내게 술 한잔하자, 말을 걸어왔다. 이전과 별 다를 것 없이 그저 술을 한잔하자고. 그러다가 말하지 않고는 배겨 내지 못할 것 같은 기분에 휩싸이고. 어쩌면 오래오래 맘을 먹었다가 실패하기를 반복해 왔을지도 모른다. 어쨌거나 커밍아웃이란 게 맨정신으로 하기엔 쉽지 않은 일임은 분명하다. 아직은 은밀한 이야기를 꺼내어 너와 내가 공유하는 사이가 된다는 묘한 기대를 품었는지도 모르겠다. 그 일을 마친 얼굴은 엇비슷해 보였다. 긴장한 사람의 표정이었는데, 어찌 보면 금방이라도 울어버릴 것 같았다. 뺨과 눈망울이 평소보다 붉어진 건 수줍음이 아니라 상기된 것임을 알고 있다. 나는 그 뜨거움을 모르지 않는다.

　지금에 와 생각해 보니 친구들은 나를 기다려

준 게 아닐까 싶다. 내가 들어줄 준비가 되기를, 나도 말할 수 있을 때가 찾아오기를 말이다. 나는 자주 말하고 싶은 충동을 느낀다. 나는 이렇다고, 나도 그렇다고. 하지만 실패하기 일쑤다. 대체 그게 뭐라고.

하루는 속초에서 아침이 밝아올 때까지 잠들지 못한 채로 누워있을 때였다. 밤새 술을 마시고 여명이 밝아올 때, 밝지도 어둡지도 않은 침실에서 우리는 대화를 나누었다. 우리는 서로 커밍아웃을 한 적이 없었지만, 서로를 모르지 않았다. 하루의 끝이라고 해야 할지, 시작이라고 해야 할지 모호한 시각에, 나와 애인의 안부를 묻던 그의 목소리엔 한번도 들어본 적 없는 다정함이 묻어있었다. 누구에게도 들어보지 못했고, 말해본 적도 없는 유의 이야기였지만, 아이러니하게도 그건 너무나도 일상적이고 보편적인 내용이었다. 그게 너무 이상했다. 당연하지 않은 당연함이라니. 그날의 따스한 온기와 포근한 잠을 떠올리며 커밍아웃이란 무엇인지 고민해 본다. 뭐라 쉽게 말하기 어렵다. 커밍아웃은 어쩐지 거창한 단어처럼 들린다. 말히는 입장에서도 듣는 입장에서도 마찬가지다. 아직은 낯설고 어렵게 여겨진다. 그렇지만 언제까지 그럴까. 떡볶이를 먹다가, 당근을 집다가 말할 수 있는데. 우리들의 사정에 대해서도 다름없이 도란도란 이야기할 수 있는데 말이다.

내가 할 수 있는 말은, 커밍아웃은 일생일대의 사건이 아니라는 정도다. 정확히는, 아니었으면 좋겠다. 자신의 성적 지향이나 성 정체성을 밝히는 것이 반드시 필요한 일이라 생각하지도 않는다. 무심결에 말해버려도 괜찮다. 물론 구태여 밝히지 않고도 충분하다. 나는 당신이 커밍아웃으로 고민하고 있다면, 어쩌다 기로에 선 이를 만난다면 주어진 선택지가 "yes or no"가 아니라 "yes or yes"라 말해주고 싶다. 둘 중에 무엇을 골라도 yes일 테니 두려워 말라고. 네가 선택한 것과 내가 고른 것이 조금은 다르더라도 우리는 모두 yes를 말하고 있다고 외치고 싶다. 어느 아이돌 가수의 노랫말처럼 흥얼거리면서 말할 수 있는 날이 오기를 바란다. 그러니 커밍아웃의 순간에 겁을 먹게 된다면, 만일 누군가 당신에게 커밍아웃을 한다면 조그맣게 속삭여 보자. 둘 중에 하나만 골라 yes or yes. 그러곤 크게 따라 부르고, 거침없이 둘 중에 하나를 고르자. 나는 yes를 골랐고, 선택은 네 맘이니.

◯ "지금에 와 생각해 보니 친구들은 나를 기다려 준 게 아닐까 싶다. 내가 들어줄 준비가 되기를, 나도 말할 수 있을 때가 찾아오기를 말이다."

타고난 불행과
생략된 말들

25m
불행해질 수 없는 사람

나는 나의 불행을 힘껏 과소평가해왔다. 어차피 완벽한 행복은 누구에게도 없으니까. 모든 사람이 똑같은 조건으로 태어나지 않으니까.

나의 불행은 대부분 연애와 관련한 것이었고, 세상의 많은 불행과 비교하면 귀여운 수준이라 여겼다. 가난과 폭력, 절연과 죽음 같은 무서운 단어와 떨어져 살아온 것만으로 감사해야지, 자위했다. 괜히 커밍아웃 같은 걸 했다가는 주변을 불편하게 만들 게 뻔했다. 굳이 타인에게 내 존재를 인정받고 싶지도 않았다.

한편으로, 몇 가지 경험을 통해 어차피 사람들은 자기가 옳다고 믿는 대로만 들을 거라는, 무력감도 있었다.

초등학생 때부터 교회에서 보아온, 무엇이든 척척 잘 해냈던 교회 선생님이 있었다. 그는 악기 연주든, 영상 편집이든, 교회의 여러 일을 성실히 도맡아 했고, 아이들에게 늘 상냥한 사람이었다. 내가 성인이 되었을 즈음, 그 선생님이 교회에 점점 보이지 않기 시작했는데, 나를 포함한 교회 사람들은 교회 일에 지쳐서 교회를 옮겼나 보다 했다. 그런데 몇 년 뒤, 그는 트랜스 여성의 모습으로 교회 사람들 앞에 나타났다. 사람들은 어쩐지 쉬쉬하는 모습이었다. 그는 다시 교회로 돌아오지 못했다.

애써 지나치고 싶었지만 마음에 새겨져버린 말과 장면들이 있다. 한 퀴어 영화에 관해 말하던 중―보기 전에 몰랐는데 게이 나오는 영화였다며 '더러웠다'는 친구의 말, 우리 동창인 그 애가 동성인 친구랑 같이 사는데 걔네들 보통 친구 사이는 아닌 거 같아서 대하기가 썩 편치 않다는 말, 내가 '애인'과 있었던 일을 말하면 '이성친구'로 되받는 말. 하고 많은 죄 중 동성애만 콕 짚어 강조하고 정죄하던 한 목사의 설교, 온라인상에 자극적으로 편집된 이야기와 조야한 악플들 "똥x충들아 그냥 니들끼리 조용히 살아". 더 거슬러 올라가면, 유치원 생일 잔칫날 이성친구들 쪽을 바라보며 선물인 듯 건네던 선생님의 목소리 "생일 축하 뽀뽀 받고 싶은 친구 말해 봐". 그런 것들로 오랜 시간 학습된 나는 철저히 나의 한 부분을 숨기며 살았다. 그것은 두려움이나 슬픔도 아닌. 이름 짓기 어려운 하나의 습관이자 생존 본능이었다.

그런 내가 연애를 시작한다는 건 기적 같은 일

이었다. 첫 애인이 내 삶에 들어오지 않았다면 나는 여태 모태솔로였을지도. 아무튼 그는 평소 좋아하는 음악을 말하듯 가뿐하게 자신의 성적지향을 말했고 나에 대한 끌림을 고백했다. 그렇게 우리는 연인으로 발전했으나..., 기적은 두려운 법. 나는 그 희소한 기적을 걷어차며 결국 도망쳤고 또 자신을 꽁꽁 숨기며 살아갔다. 이후 몇 년, 나는 이런저런 일을 겪고 자기부정에 한계를 느끼며 다시는 도망치지 않으리라 결심하고 또 누군가와 헤어지고 만나기를 반복했다. 여기까지가 짧게 말해본 나의 연애 역사다. 정말 짧게 썼다.

가장 최근의 실연을 겪기 전까지만 해도 나의 성적지향이나 애인에 관해 누구에게도 말하지 않았다. 그런데 이별 사유가 우리 둘의 문제가 아니라 세상의 시선에서 비롯되는 일이 잦아진 이후 나는 내가 타고난 불행을 직면하고야 말았다. 몇 번쯤은 '세상의 시선이 힘드니 헤어지자'는 말도 '그냥 나를 그만큼 좋아하지 않으니 둘러대는 말'로 받아들이며 넘겨보려 했다(물론 괴로웠다). 어쩔 수 없지, '그럼에도 불구하고' 사랑할 수 있는 사람을 만나길 바라왔지만, 끝내 지치고야 만 것이다.

"나 최근에 애인이랑 헤어졌는데... 좀 힘드네."

"아니 만난 줄도 몰랐는데 헤어졌다고? 누구랑?"

어느 날, 친구에게 어디서부터 설명해야 할지 몰라 머뭇대다가, 헤어진 애인이 나와 동성의 사람이었다고 말했다. 전 애인과 내가 만약 서로 성격이 안 맞아서, 거짓말을 해서, 불륜을 저질러서 등 어떤 다툼이나 잘못으로 인해 헤어졌다면 굳이 성별을 말하지 않아도 되었을 텐데. 헤어진 요인이 같은 성별이기에 겪는 어려움이었기 때문에, 그리고 나는 더 이상 그 이유를 참을 수 없게 되었으므로, 말하고야 말았다. 아마 실연의 고통이 아니었다면, 호모포비아들이 그토록 원하는 "너네끼리 조용히 살아!"를 내가 몸소 실천하며 살았을지도 모르겠다. 하지만, 어떻게 조용히, 잘, 산단 말인가?

만약 커밍아웃을 한다고 해도 '나 할 말 있어' 하며 극적으로 만들 생각은 없었기에 누군가의 평범한 특질이나 일상적인 에피소드처럼 동성 애인과의 이별 이야기를 했다. 마치 매운 것을 잘 못 먹는다거나, 직장에서 부당한 일을 겪었다고 말하는 것처럼. 다행히도 내 이야기를 들은 사람들은 대부분 '그러려니' 해줬다. 나를 이상하게 여기지 않을 만하다 생각되는 사람에게 말하긴 했지만, 그래도 무례한 말을 듣거나 어색한 상황에 놓일 수도 있었을 텐데, 감사한 일이었다.

-

유독 한 친구와의 대화가 떠오른다. 친구는 다양한 성적 지향성에 대해 나쁜 인식은 전혀 없지만, 당사자성이 없는 자신이 자기도 모르게 실수할까 두렵다고 했다. 나는 나도 일반 사람들이 하는 질문이 불쾌하다기보다는 워낙 이런 얘기를 쉬쉬하다 보니 서로에 대해 잘 모를 수 있다고 본다고, 그러니 궁금한 게 있으면 오해하지 않고 들을 테니 편하게 말하라고 했다. 그러자 친구는 이런 얘기를 꺼냈다.

"다 괜찮은데, 게이인 걸 좀 패션(fashion)처럼 과시하는 애들이 있어."

"그게 무슨 말이야?"

나는 조금 당황하며 물었다.

"그러니까, 본인이 게이인 게 되게 멋지고 힙한 거라고 생각하는? 그런 애들 있잖아."

오, 처음 들어보는 얘기였다. 나도 적극적으로 커밍아웃하는 사람들을 보며 어려운 마음이 들 때도 있었는데, 그건 그들의 적극성이 자칫 '지나치게 유별남', '성(性)적으로 문란함' 등으로 오해받는 것이 속상해서였다. 또, 그렇게 '드러난' 사람들이 LGBTQ+ 모두를 '대표'하는 것은 아닌데, 그렇게만 비치는 것 같아서 아쉽기도 했다. 물론 그들의 목소리가 세상으로 나온 덕에 세상이 점점 변해온 데에는 큰 고마움을 느낀다. 그런데, 성적 지향을 패션처럼 여긴다? 적어도 내 주변에 그런 사람은 없어서 나는 마음을 가다듬고 말을 이어나갔다.

"네 말은, 뭔가 멋져 보여서 게이가 되기를 '선택'하는 사람도 있다는 건가?"

"솔직히 약간 그런 생각도 들고... 그렇게 자랑하듯 말하면 별로 좋은 생각이 안 든달까."

"그랬겠네. 일단 내가 모든 LGBTQ+를 아는 건 아니니까 내 입장으로만 말해보자면... 만약 내가 '선택'할 수 있다면, 나는 진짜 이성애자로 살고 싶었어. 이성과의 연애가 사회에서 쉽게 용인되는 삶의 방식이잖아. 그래서 이성과 만나는 노력도 부단히 했지. 근데 아무리 일반 사람처럼, 이성애자로 살아보려고 노력해도 잘 안 됐어. 그건 그냥 매 순간 연기하는 기분이어서 못하겠더라고. 그래서 결국엔 동성에게 끌리는 나를 받아들이고 사는 건데... 이걸 멋있어 보이려고 선택한다니, 나로서는 진짜 상상이 안돼. 나라면 세상의 온갖 핍박을 받고 드러날까 조심해야 하는 이 지향성을 절대 스스로 선택하지는 않았을 거야. 모르겠네. 누군가는 이걸 선택했을 수도 있으려나? 나는 이게 선택이라기보다는 자신을 발견하는 시기가 각자 다른 거라고 생각해."

'과시'의 문제에 관해서는 나 역시도 좀 이해하기 어렵다가 최근에 한 책을 읽으면서 그나마 이해할 실마리를 찾을 수 있었다. 커밍아웃의 과정 중 '정체성 자긍심' 단계에 있으면 이런 모습을 띨 수 있다는 내용이었다. 성소수자가 자신을 오래도록 숨기다가 커밍아웃을 했는데도 세상이 끝나지 않았음을 처음 확인하고 그동안의 자기 회의와 공포, 억압을 벗어버리게 되면서, '떠들썩하게 자랑하는' 모습을 보인다는 것이다. 그 단계의 모습만 본다면 커밍아웃의 진정성(?)을 의심하게 될 법도 하겠지만..., 나는 문득 여기서 사람들의 '심판자' 같은 모습을 떠올렸다.

가령, 성적 지향이 확실한지(이성은 만나봤어?, 잠깐 혼란스러운 거 아냐?) 묻거나, 성적 지향을 종교적 옳고 그름으로 따져보는(이쨌든 동성애는 죄야) 모습들. 그런 질문은 이미 내면에서 수년간, 수많은 상황과 시간 속에 되풀이됐고 마침내 겨우, 최선의 결론에 도달한 것이 지금의 나다. 그런데 이미 고민해 온 과정을 무시한 채, 다시 검열하기 바쁜 반응을 보이는 건, 상대방의 입장을 조금만 더 고려하고 존중한다면 취할 행동은 아닐 것이다. 나는 친구가 말한 '과시'적 커밍아웃에 대한 반감의 아주 밑바닥에는 혹시 '그래서 확실하긴 한 거야?'라는 마음이 깔려있지는 않은지, 되묻고 싶었다.

나는 뭔가 생각난 듯 유튜브 앱을 열어 친구에게 건넸다.

"이거 내가 진짜 좋아하는 영상인데 한번 볼래?"

코미디언 완다 사이키스(Wanda Sykes)의 스탠드업 코미디 중 한 장면으로, '흑인인 것보다 게이인 게 힘들어'라는 제목의 영상이었다.

"게이인 게 흑인인 것보다 힘들어요, (중략) 흑인 커밍아웃은 안 해도 되잖아요. 어버이날에, 제가 흑인이라는 거 고백 안 했거든요." (관객 일동 웃음)
- 영상 내용 중

(이후 완다는 '게이'가 들어갈 자리에 '흑인'을 넣어 풍자를 이어간다. "엄마... 저 흑인이에요."로 시작되는 천연덕스러운 연기와 함께 보시기를. 2분 정도의 짧은 영상

이지만 그 내용은 아주 굵직하고 유쾌하다.)

　　친구는 영상을 다 보더니 갑자기 눈에 눈물이 맺힌 채 '헐...'하는 표정을 지었다.

　　"아니... 울어?"

　　"뭐라 그래야 되지... 이제야 좀 이해가 돼서. 그니까, 진짜 힘들겠다. 나는 나도 모르게 이걸 '선택'한다고 생각했던 거 같아. 근데 그게 아니라면... 야, 이성애자도 연애가 힘든데 동성은 어떻게... 일단 누가 동성을 좋아할 수 있는지부터 찾아야 하잖아. 너무 어렵겠다."

　　갑자기 내게 이입해버린 친구의 모습이 좀 웃기면서도 울컥했지만, "사랑이 다 어렵지 뭐." 어깨를 으쓱하며 쿨한척했다. 그렇게까지 이해해버리다니... 고마웠다. 그리고 나도 오해받지 않으려면 나의 성적 지향을 '자랑하듯' 말하지 않도록 주의해야겠다고 생각했다. 커밍아웃은 일방적인 이해를 구하는 말이 아닌, 서로를 알아가는 대화이기를 바라니까.

-

　　이렇게 산다. 가끔은 일반들이 부럽다가, 저들도 각자의 힘듦이 있겠지 하며 나의 불행을 또 작게 깎는다. 만약 세상의 온갖 수난을 겪은 이성애자와 평범하고 적당하게 살아온 동성애자가 있다면, 과연 누가 더 불행할까? 터무니없는 질문도 가끔.

편견이나 혐오도 누구든 스스로 키워온 게 아니라는 걸 안다. 성소수자가 자신의 시점에서 다수와 달라 두려웠던 것처럼, 누구에게 어떤 생각이 자리 잡기까지 교육, 종교, 문화 등에 오랜 시간 영향을 받았겠지. 모두가 서로 존중하도록 바뀌면 좋겠지만, 한편 그것도 이기심이라는 생각에, 평생 이러지도 저러지도 못하고 있다. 내가 할 수 있는 거라곤 딱 이 정도인 것 같다. 가끔 나를 허락하는 공간에 내 얘기를 슬쩍 해보는 것. 어떻게 읽힐지는 모르겠지만, 그저 우리가 서로에게 다정할 수 있기를 바라며 썼다.

◯ "만약 커밍아웃을 한다고 해도 '나 할 말 있어'하며 극적으로 만들 생각은 없었기에 누군가의 평범한 특질이나 일상적인 에피소드처럼 동성 애인과의 이별 이야기를 했다. 마치 매운 것을 잘 못 먹는다거나, 직장에서 부당한 일을 겪었다고 말하는 것처럼."

나는 성소수자이기에는
지나치게 운이 좋았다

다소
봄에 태어났지만 여름을 사랑하고 바다를 사랑하지만
초록을 볼 때 더 기분이 좋아진다는
다소 하찮고 소소한 이야기를 계속해서 이야기하고 싶은 사람.
나의 많고 작은 이야기들, 우리의 많고 작은 이야기들을
나만의 언어로 끊임없이 내뱉고 싶은 사람.
나의 말이 세상에 울려퍼지지 않아도 당신의 마음 안에
점 하나 찍을 수 있다면 제가 계속 이야기하는 이유는 충분합니다.

나는 성소수자이기에는 지나치게 운이 좋았다. 동성애가 더 이상 정신병이 아니라는 걸 많은 사람이 이해하고 있는 시대에 태어나 조금만 주의를 기울이면 네모난 화면 너머뿐 아니라 바로 옆에서도 성소수자를 마주할 수 있는 시대에서 자랐다. 우리 사회에 성소수자가 존재한다는 것이 당장 우리의 눈앞에 보이지는 않아도 어느 도시 괴담 같은 것이 아닌 당연한 사실로 받아들여진 지금, 나는 자연스럽게 성소수자가 됐다. 나의 정체성에 혼란이나 거부감 같은 것도 없었다. 그냥 나는 성소수자로 자라나 있었다.

　　물론 내가 성소수자라는 것을 알게 된 경험은 존재했다. 초등학교 6학년, 한창 연예인과 아이돌 이야기에 눈을 뜰 때. 남자애들은 여자 아이돌을, 여자애들은 남자 아이돌을 좋아하는 게 자연스러운 분위기 속에서 나는 한 여자 아이돌 그룹과 사랑에 빠져 있었다. 어제의 우리 언니가, 오늘의 우리 언니가 얼마나 예쁘고 귀여웠는지 친구들과 한참 떠들던 내 옆을 한 남자애가 지나가며 물었다. "너 레즈냐? 여자가 왜 여자 아이돌을 좋아해?" 그 질문의 의도는 단순한 호기심이 아닌 나를 곤란하게 만들고 골려주기 위한 순수한 악의임을 그 당시에도 알았다. 그럼에도 나는 기분이 나쁘지 않았다. 나랑 같이 이야기를 나눠주던 친구들은 발끈하며 그 남자애에게 "여자 아이돌 좋아하면 다 레즈냐?"하며 달려들었지만, 나는 내 자리에 가만히 앉아 생각할 뿐이었다. '아, 그런가? 나, 어쩌면 레즈일지도?'

그날 집에 돌아가 엄마를 붙잡고 물었다. "엄마, 내가 동성애자면 엄마는 어떨 것 같아?" 내 물음에 엄마가 어떤 표정을 지었는지는 기억이 잘 나지 않지만 그때의 답변만은 선명하게 기억난다. "엄마는, 네가 평범하게 살았으면 좋겠어."

평범이 뭔지는 10여 년이 지난 지금도 잘 모르겠지만, 내가 성소수자인 것이 평범하지 않은 것이라고는 생각하지 않았나 보다. 그날 엄마의 대답을 평생 기억할 거면서도 아랑곳하지 않고 얼마 지나지 않아 첫 여자친구를 사귀었던 것을 보면.

나의 첫 커밍아웃은 중학교 2학년 때였다. 3년간 이어진 왕따 문제와 그 훨씬 전부터 지속된 청소년 우울증으로 제대로 된 학교생활을 누리지 못하던 내게 처음 친구가 생긴 해였다. 무슨 용기로 그들에게 커밍아웃할 수 있었냐고 물으면 대답하지 못하겠

다. 애초에 커밍아웃은 나에게 용기가 필요한 일이
아니었다. 내가 성소수자인 것을 깨달았을 때도 내
가 이상하거나 평범하지 않다고 생각하지 않았던 것
처럼 내가 성소수자인 것이 감춰야 하는 일이라고
도 생각하지 않았다. 그건 그들도 마찬가지였다. 나,
여자를 좋아해. 하고 지나가듯 한 내 말에 친구들 모
두 "나도 양성애자야. 남자도 좋아하고, 여자도 좋아
해."하고 지나가듯 이야기했다. 그들이 여자친구를
사귀는 모습은 보지 못했지만 우리에게 서로의 연인
이 어떤 성별을 가졌는지는 전혀 중요하지 않았다.
당시 나는 같은 반에 춤도 잘 추고 공부도 잘하던 댄
스부 친구를 짝사랑하고 있었는데, 수줍음이 많아
그 친구에게 인사도 제대로 못 하는 날 위해 사교성
이 좋았던 한 친구는 내가 매일 그 친구와 인사할 수
있도록 도와주기도 했다. 이런 운 좋은 경험이 나의
첫 커밍아웃 경험이었으니, 이후에 나의 성소수자로
서의 인생은 순탄대로일 수밖에 없었다.

고등학교에 올라가서도 달라지는 것은 없었
다. 중학교 시절 친했던 친구들과는 전부 흩어졌지
만, 새로 사귄 친구들도 자연스럽게 내가 성소수자
라는 것을 알았다. 기독교 신자에 이성애자인 친구
도 망설임 없이 나는 남자를 좋아하지만 네가 여자

를 좋아하는 건 나에게 아무 상관이 없다고 했다. 이렇듯 나에게 커밍아웃은 항상 허무하고 시시한 일이었다. 이 친구한테는 어떻게 내가 성소수자라는 걸 알렸더라? 그런 게 기억나지 않는 관계도 많았다.

3학년이 되어서는 교탁 앞에도 내가 동성애자임을 발표하고는 했다. 그즈음 수업 시간에 동성애 관련 주제가 오르내리는 경우가 많았고, 그때마다 무지하게 수업하시는 선생님들의 태도가 마음에 들지 않았다는 게 이유였다. 교실은 조용했고 좋은 교사였던 담임선생님만 옳은 이야기라며 박수 쳐 주셨다. 그럼에도 친구들이 내 커밍아웃을 받아주지 않았다는 기분은 들지 않았다. 조용함은 평온함이었고 그것은 평소와 다를 바가 없다는 말과도 같다. 내가 지금까지 겪어온 커밍아웃 이후의 반응들과 같다고 느꼈다. 패기 어린 청소년에게는 당연히 모두가 내 말이 맞다는 걸 알고 있다는 근거 없는 자신감이 있었다.

연설인지 발표인지 애매한 시간이 지나고 한 친구가 몰래 내게 다가와 말을 걸었다. 자신도 레즈비언임을 밝히고 나는 어떤 인터넷 커뮤니티를 이용하는지 물었었는데, 안타깝게도 숫기 없고 내성적이었던 나는 그 친구의 질문에 대충 대답하고 도망치듯 자리를 떴었다. 그 애는 아마도 나의 커밍아웃이 부럽고 고마웠던 것 아닐까. 지금에서야 그렇게 생각해 본다지만, 앞서 이야기했듯 나에게 커밍아웃이란 항상 허무하고 시시한 일이었다. 특별한 일도 아니었고, 특별하지 않았기 때문에 용기가 필요한 일도 아니었다. 불편한 상황을 만들기 싫어 굳이 아무 말 하지 않는 자리는 있어도, 커밍아웃하지 않는 게 더 불편한 상황에서 굳이 감추지는 않았기 때문에 그때 교탁 앞에 나선 것도 나에게는 박수받을 용기도 존경받을 대의도 존재하지 않았다. 그러니 나를 특별하게 생각하고 다가오는 친구가 불편해 도망칠 수밖에. 다행히도 그 뒤로 그 애가 내게 말을 걸어오는 일은 없었다. 아마도 내 인생에서 가장 크게 기억에 남을 커밍아웃은 또 이렇게 운이 좋게 마무리되었다.

그런 나에게도 어려웠던 커밍아웃 경험은 있다. 성소수자로 사는 것보다 우울증 환자로 사는 것이 내게는 더 벅찬 일이어서 그것에 허덕이는 삶을 사느라 부모님에게 커밍아웃하는 일은 항상 뒷전으로 밀려나 있었다. 깨닫고 보니 동생, 친구들, 심지어는 대학 교수님도 아시는 나의 성정체성을 어쩌다 보니 부모님께만 숨기게 됐다. 말은 이렇게 하지만 사실은 두려웠던 것이 맞다. 생판 남조차도 이해하고 존중해 주는 나의 성정체성을 처음으로 부정하는 사람이 나의 부모님이 될까 봐. 평범한 딸이 되어주지 못해 부모님을 실망하게 할까 봐. 이미 충분히 못난 딸인데 더한 골칫거리를 안겨드릴까 봐. 내가 성소수자인 것이 잘못이 아니라는 것은 너무나도 잘 알지만 그럼에도 잘못한 사람이 되어버릴까 봐. 미디어에서 이야기해 주는 부모님께 커밍아웃한 썰 같은 이야기들은 내 공포심을 더욱 자극했다. 당당하기만 했던 나의 성정체성은 부모님 앞에서만 항상 쪼그라들고는 했다.

　평생 말 안 하고 살 수도 있었다. 평소에도 부모님과 시시콜콜한 이야기를 나누는 편이 아니니 나의 연애사 같은 것들은 모르게 넘길 수도 있었다. 동생을 비롯해 비혼주의자가 넘치는 세상이라 엄마도 그런 사회 분위기는 존중하시는 분이었다. 그러니 평생 비밀로 하자면 비밀로 할 수도 있었는데도 부모님에게까지 커밍아웃을 한 건 순전한 사고이고 실수였다.

　100일 남짓의 사귐과 헤어짐을 반복하던 학창 시절 풋풋한 연애를 지나 성인이 되고 처음으로 1년 가까이 사귄 여자친구가 있었다. 별스럽지 않다고 느낄 수도 있지만 적어도 나는 그렇게 깊은 연애를 한 건 처음이었기에 그 애와의 헤어짐은 나에게 너무도 갑작스럽고 어려운 일이었다. 헤어짐을 선고받고 돌아오는 지하철 안에서 눈물을 주체할 수가 없어 열차를 나와 구석에 주저앉아 울기도 했다. 십 년지기 친구와 절교할 때도 안 울던 나였는데. 심지어 여자친구한테 차이고 울어 보기는 그때가 처음이자 마지막이었다.

집 앞 편의점에서 소주 두 병을 사 들고 귀가했다. 때마침 부모님이 식탁에 마주 앉아 맥주 한 잔을 기울이고 계셨다. 그 자리에 자연스럽게 참여해 말없이 소주만 들이켰다. 하고 싶은 말은 있었지만 입 안에서만 맴돌 뿐 차마 입 밖으로 꺼내지를 못했다. 그렇다고 방 안에 혼자 틀어박혀 궁상을 떨기는 싫었기 때문에 꿋꿋하게 자리를 지키고 부모님과 추억이나 팔았다. 중간부터는 허허실실 웃음도 흘렸던 것 같다. 그런다고 당장에라도 터질 듯한 실연의 아픔과 소주 두 병을 들이켠 정신머리에 자제력이라게 남아있을 리도 없다. 엄마가 화장실로 자리를 비운 틈을 타 아빠는 내게 무슨 일이 있는 건지 걱정스럽게 물었고 나는 엉엉 울면서 커밍아웃했다. 나 그애랑 헤어졌어.

그게 무슨 말인지 화장실에 돌아온 엄마와 함께 어리둥절해하던 아빠는 금세 모든 것을 알아차리셨다. 그도 그럴 것이 커밍아웃만 하지 않았을 뿐이지 악착같이 숨기려고 들었던 것도 아니어서 부주의한 내 행동들로 인해 어느 정도 눈치는 채셨던 모양이었다. 짐작만 하던 것과 설마 하던 일이 사실이 되는 것은 너무도 다르겠지만 '기독교에서 동성애는 죄악이잖아' 하고 엉엉 우는 딸을 두 사람은 일단 달래주는 수밖에 없었다. 그게 무슨 상관이냐. 네 나이 때에는 원래 사귀고 헤어지고 울고 웃고 하는 거다. 엄마는 오히려 그런 네가 부럽다. 그러니 그럴 수 있어, 괜찮아. 그런 말들을 듣다가 잠이 들었던 것 같다.

다음날, 아빠는 술이 덜 깨 눈도 제대로 뜨지 못하는 딸을 침대 앞까지 마중 나와 그저 꼬옥 안아주셨다. 네가 어떤 모습이어도 너는 아빠 딸이야. 그때 처음, 나는 성소수자이기에는 지나치게 운이 좋다고 생각했다.

나를 잘 모르고 나오는 전혀 다른 경험을 해 온 사람들에게는 이런 내 이야기가 믿기지 않을지도 모르겠다. 나 또한 미디어에서의 동성애자를 마주하면 이해가 가면서도 다른 세계 이야기인 것 같은 기분이 든다. 커밍아웃으로 소중한 관계를 잃는 경험이나 원치 않은 아웃팅으로 괴롭힘을 당하는 경험 같은 것들은 미디어에 흔하게 널려 있었고, 그것이 사실임을 알면서도 나에게는 그런 경험이 없으니 사실이 아닌 것 같은 기분이 들기도 했다. 이런 내가 성소수자라는 거창한 이름으로 묶여도 괜찮은가, 싶을 때도 간혹 있다. 소수 집단에 속하기 위해서는 특별한 아픔이 있어야 할 것만 같아서. 그래야만 소수 집단을 대변하는 이야기를 할 수 있을 것 같아서.

낙관적인 이야기를 하자는 것은 아니다. 커밍아웃 이후로 엄마는 생전 안 하던 내 남편감과 결혼에 대한 이야기를 자꾸만 털어놓으신다. 이해가 안 간다며 한숨을 지을 때도 있고, 아빠는 엄마가 이런 얘기를 할 때면 입을 다문다. 학창 시절 때부터 내 연애사를 쭉 지켜봐 온 친구는 남자도 한 번 만나보는 건 어떠냐고 권하기도 하고 내가 성소수자임을 알았던 동창들은 그건 어릴 때고, 아직도 그렇지는 않을 거잖아, 하는 무언의 반응을 보이기도 한다. 소수일 수밖에 없는 삶을 사는 것은 때로는 서럽고 때로는 외롭다. 나이를 먹을수록 현실과 맞닿는 문제들에 더더욱 고립감을 느끼기도 한다. 그럼에도 나에게 커밍아웃은 여전히 허무하고 시시한 일이다. 커밍아웃을 하지 않는 것이 불편한 상황이 오면 나는 주저 없이 "나는 성소수자예요."라고 커밍아웃할 테다. 나를 온전히 이해하지 못해 불편한 상황들이 종종 생겨도 나는 여전히 그들의 친구이고 가족이고 딸이다. 그 사실이 변하지 않는다는 것을 증명한 운이 지나치게 좋은 산증인이 나 아닌가. 모두가 나 같을 수는 없겠지만, 언젠가는 모두에게 커밍아웃이 허무하고 시시해지는 날이 오기를...!

◯ " 3학년이 되어서는 교탁 앞에도 내가 동성애자임을 발표하고는 했다. 그즈음 수업 시간에 동성애 관련 주제가 오르내리는 경우가 많았고, 그때마다 무지하게 수업하시는 선생님들의 태도가 마음에 들지 않았다는 게 이유였다."

답장

김하루

마지막 남아있는 숨으로 살아왔던 이야기를 써야지 다짐했던 적이 있습니다. 그렇다면 내 이야기의 장르는 뭐가 될까? 우스운 고민도 했습니다. 격하게 로코를 꿈꿨으나 살아갈수록 시트콤이라는 느낌이 강하게 듭니다. 그럼에도 불구하고 내가 살아가는 삶을 너무 사랑합니다.

내 하루.

본문에 내용처럼 '첫'이라는 단어만큼 낭만적인 발음을 찾기 어려운 것 같습니다. 내 '첫' 글. 소개를 쓰는 지금도 무릎 뒤쪽이 간질거립니다. 도움을 받지 않은 사람이 없습니다. 모두들 감사합니다.

원체 배움이 짧아 글을 쓰는 법도 배우지 못했으니 읽는 동안 불편했다면 미안합니다. 언젠가 이름을 소개할 날이 오겠죠. 그때까지 필명 뒤에 숨어 계속해서 이야기를 써 내려가 보려 합니다. 즐겨봐 주세요.

'W 고등학교'라고 적혀있는 기억 속 방의 문을 열었어. 어두운 방에 불을 켜보면 벽지 군데군데가 바래져 있는 오래된 공간을 볼 수 있지. 흰 종이에 커피를 쏟고 미처 닦지 못해 말라버린 자리처럼 울퉁불퉁 얼룩져 있는.

'첫'이라는 단어만큼 낭만적인 발음이 있을까 싶어. 첫눈과 첫사랑, 첫 경험 같은 거 말이야. 지금까지 내가 기대했던 맨 처음의 모든 것들은 무릎 뒤쪽이 간질간질하게 달아오르는 거라고 생각했거든.

근데 말이야. 그날 네가 들려준 첫 이야기를 생각하면 무릎보다는 가슴 한편이 달아올라. 그것도 아주 크게 일렁이면서. 그 이야기와 그날 이후 네가 보낸 편지에 너무 늦은 답장을 쓰다가 생각에 잠겼어.

시내버스에서 내려 아파트 단지로 가는 오르막길에 막 들어섰을 때 네가 쭈뼛거리며 말을 걸었어. 우리 집에 도착하기 전까지는 다른 애들의 눈이 신경 쓰여 멀리 떨어져 걷던 너였는데, 하계 교복 날갯죽지 부분을 살짝 잡아당기면서 할 말이 있다고. 그

때 유행하던 6.5통으로 줄인 교복 바지가 아까부터 다리에 달라붙어 얼른 벗어던지고 싶었는데 네 얼굴에서 처음 보는 표정에 심상치 않은 일이 일어날 거라는 걸 직감으로 알았던 거 같아. 평소 같았으면 집에 가서 얘기하면 안 되겠냐고 다그치듯 말했겠지만 그런 순간이 아니란 걸 얼핏 알 수 있었어.

우리 집이 올려다보이는 아파트 정자에 앉아서 가방을 내려놓는데 그새를 못 참고 토해내듯 흘러나온 그 말이 들려왔어. 나를 좋아한다고. 얼마나 어이가 없던지 하마터면 욕이 입술 사이를 비집고 흘러나올 뻔했다니까. 고등학교 1학년 2학기부터 3학년 여름까지 매일 붙어 다녔는데. 학교가 끝나면 함께 피시방을 가고 동네 닭꼬치집에 매운맛을 다르게 한 닭꼬치를 한입씩 나눠 먹으며 웃었는데. 너는 방학이면 우리 집에 사는 것처럼 먹고 자고 놀고, 너희 부모님이 며칠째 안 들어오는 너를 찾아오시고서야 집에 들어가곤 했는데. 주변에 온통 너와 나만 있는 것처럼 무서울 게 없는 서로였는데.

이제 와서 날 좋아한다니. 너무 당연한 말이 아닌가? 우리가 좋아하는 게 아니라면 지금까지의 시간들은 어떻게 설명하려고 이러는 건지. 많은 생각이 한 번에 지나가 정신이 혼미할 때쯤 따지듯이 되물었어.

"나도 너 좋아하지! 근데 그게 왜? 너무 더운데 이런 이야기이면 집 들어가서 얘기를 하지?"

그러자 너는 분홍색에 가까웠던 네 손바닥을 얼굴로 가져가면서 다시 한번 말했어. 좋아한다고. 그것도 아주 많이. "좋다"라는 단어에 여러 카테고리를 부여하지 않았던 나한테. 축구가 좋다. 탕수육이 좋다. 늦잠을 자는 게 좋다. J가 좋다. 이 모든 좋다가 다를 게 없던 나였는데, 네가 한 고백에 갑자기 가슴이 일렁이기 시작했지. 무슨 말을 할지 몰라 머뭇거리는 나한테. 용기에 취해 보이는 네가 그동안 쌓아뒀던 말을 쏟아냈어.

감정을 확신하기까지 너무 오랜 시간이 걸렸다고. 편한 친구로만 생각한 나한테 점점 다른 마음이 생겨났다고. 함께 떠들 때면 눈에 들어오던 붉은색 입술, 솜털이 조금씩 검은색으로 변하기 시작한 턱과 목 아래 이어진 직각의 어깨, 빨리 가자고 조를 때 잡던 손에 올록볼록 올라와 있는 핏줄까지 모든 게 다 낯설게만 느껴지더라고.

얼얼한 표정을 감추지 못하고 있는데 그 단어가 들렸어. 커밍아웃. 지금 한 고백이 커밍아웃이고 이것이 너의 첫 커밍아웃이라고. 맨 처음을 뜻하는

한글 '첫'과 성적 정체성을 드러내는 영어 '커밍아웃'
이 만나 발음하기도 생경한 첫 커밍아웃이라니. 천
천히 고개를 든 네 얼굴을 보는데 두려움에 미세하
게 떨리는 입술과 해방감 서린 눈이 번갈아 보였어.

　　이 말을 꺼내기 위해 얼마나 많은 검색이 있었
을지, 그다음 얼마나 많은 연습이 필요했을지, 수많
은 날을 지나 오늘을 고르기까지 얼마나 많은 망설
임이 있었을지. 우리의 시간이 어떻게 흘러갔는지
아무리 기억해 보려 해도 기억이 나질 않아. 결국 어
정쩡하게 자리에서 일어난 나와 따라나서지 않는
너. 침대에 등을 대고 방바닥에 앉아 움직일 수 없었
던 나. 늦은 저녁 거실 베란다에서 바라본 정자에 아
직 움직이지 않고 있던 너. 네 성격을 누구보다 잘 알
고 있다고 생각한 나였기에 고백보다 더 잔인한 그
시간까지 보고야 말았어.

　　지금 생각해 보면 영화 같은 결말은 아니었어.
청춘 멜로 같은 뜨거운 연애가 시작된다든지, 갑자
기 들려오는 전학 소식에 눈물짓는 장면이라든지.
영화를 말하기엔 너무 지독한 현실을 살던 우리였
어. 다음날 버스정류장에서 마주친 우리가 보인 어
색한 웃음만이 어제 있던 그 고백이 꿈이 아니었음
을 알게 해 주는 유일한 증거였어. 키스신을 찍다 영

화감독이 컷을 외치면 아무 일 없었다는 듯 표정을 바꾸는 배우들처럼 우리는 그날의 일을 잊은 것처럼 행동했어.

유독 무더웠던 여름이 지나고 제법 수험생티가 나는 모습으로 겨울을 보낸 다음까지. 서로 다른 지역의 대학교에 합격하고도 서울부터 춘천까지 멀지 않으니 자주 볼 수 있다고 대학 생활을 얘기할 수 있게 된 그즈음까지. 시간이 오래 지나 가물가물해진 그날의 일을 함께 잊어간 줄 알았지. 아무도 그날의 이야기를 다시 꺼내지 않았으니까.

헤어질 시간이 다가오고 있었지만 그쪽을 바라보지 않으려 애쓰는 사람들처럼 우리는 잠시의 빈틈도 없이 함께했어. 겨울방학이 지나고 어울리지도 않는 양복을 입은 네가 조금 늦게 졸업식에 도착했어. 양복을 입은 네 모습을 상상하면서 기다렸는데, 앳된 얼굴 아래 어른의 옷을 입은 모습이 낯설어 얼굴이 붉어졌어. 내 모습을 본 너도 그렇게 느꼈는지 군데군데 붉어진 얼굴을 숨기려 다시없을 파아란 웃음으로 서로를 맞이했어.

아직 봄기운이 멀어 찬바람이 가시지 않은 졸업식이 끝나갈 무렵, 대충 딱지 모양으로 접은 편지를 내민 너를 보며 심드렁해 있었지. 만나면 쉬지도 않고 떠드는 우리가, 생각나는 말을 담아두지 않고 모두 뱉어내는 우리가, 굳이 종이에 옮겨 적을 더 남은 말이 있었나 문득 생각이 들더라고. 졸업식이 끝나고 중국집에 앉아 음식을 기다리는데 주머니에서 만지작거리던 그 편지가 너무 궁금해 온 신경이 손끝에 몰려있었어. 당장이라도 꺼내서 읽고 싶지만 기름 냄새와 시끄러운 사람들 소리가 가득 찬 그곳에서 꺼내 읽기가 싫더라. 밥을 먹었다기보다 씹어 넘기고 집에 돌아와 침대에 등을 대고 앉았어. 얼마나 만져댔는지 벌써 때가 탄 그 편지를 꺼내 보는데 이상하게 심장이 터질 거 같더라.

"K야"라고 시작한 편지. 평소 같았으면 이름 부르는 게 거리가 느껴진다며 가운데만 한 글자만 불렀던 우리였는데 내 이름을 모두 적어 넣은 그 시작에 덜컹했어. 그리고 그다음은 미안하다는 말이었지. 잊은 줄 알았던, 아니면 잊으려고 부단히 노력했던 그 고백을 미안하다고 사고하는 네 덕분에 나는 그날의 정자 지붕 아래로 다시 빨려 들어갔어. 이번에 도착한 그곳에서 이전과는 다른 말을 이어 들었지만.

널 좋아해. 근데 K야, 이 고백으로 난 자유로워

지고 싶어. 더 이상 널 좋아하지 않을 수 있어. 아침 일찍 버스에서 풍기던 네 로션 냄새. 같이 밥을 먹을 때면 꼭 나한테 먼저 깔아주던 냅킨과 그 위에 수저. 반듯이 자른 앞머리가 마음에 안 든다며 하루 종일 툴툴거리다가도 캔모아에서 나오는 식빵에 생크림이면 모든 게 풀리던 모습. 여드름 한두 개가 자리 잡은 봉긋했던 이마. 그 모든 걸 좋아하지 않을 수 있어. 이제 너보다 날 더 좋아할 수 있어. 고백을 끝내고 개운하게 일어난 네가 아파트 정문을 빠져나갔고, 난 네 뒷모습이 보이지 않게 된 뒤에도 한참을 덩그러니 앉아있었어.

등에 닿은 침대 가장자리가 불편하게 느껴지고 나서야 눈물과 콧물이 한데 섞인 내 모습을 알아차릴 수 있었어. 편지의 마지막에는 이렇게 적혀있었지. 미안해 보다 사랑해를 더 많이 말하고 싶다고. 언제가 그런 날에 살고 싶다고.

밤늦게까지 꺼지지 않던 술집 간판의 불빛이 밀려 들어오던 자취방에서, 어둡지만 밝은 그 방에서 혼자 우는 밤이 뜸해질 때쯤 네 소식을 전해 들었어. 네가 군대에 갔다고. 우리가 고등학교 3학년 겨울방학 내내 계획했던 모든 일들을 시작도 하지 못한 채. 서울부터 춘천까지 왕복으로 다녀가는 기차 표를 예매해 보지도 못한 채.

우리 이야기는 여기서 끝이었을까. 난 몇 번 춘천으로 가는 기차를 탔고 혹시나 너를 마주칠 수 있을까 대학교 정문이 잘 보이는 카페에 자리를 잡고 하릴없이 앉아있던 기억이 있어. 건너 들려올 소식에 기대를 걸고 우리 둘을 알던 사람들에게 안부를 물었던 시간들이 있고. 한참이 지나 그 모든 게 소용 없는 일이라는 걸 알고서는 기억의 방 문을 닫았어.

여기까지 적다 보니 등에 닿은 침대가 불편하게 느껴진다. 나 있잖아, 네가 싫어하던 그 버릇을 아직 못 고쳤어. 침대에 등을 대고 바닥에 앉는 그 버릇. 그래서 말인데 날 좋아한다고 말해줬던 그날. 내 방에서 계속해서 중얼거리던 말이 생각나. 난 사랑해. 난 사랑해.

쓰고 보니 이 편지는 보내지 못하겠다. 마치 고해성사 같아서. 하늘에 계신 그분은 내 얘기를 들어주지 않으실 거 같거든.

잘 지내?
난 잘 지내. 여전히 개새끼고.

◯ " 지금 생각해 보면 영화 같은 결말은 아니었어. 청춘 멜로 같은 뜨거운 연애가 시작된다든지, 갑자기 들려오는 전학 소식에 눈물짓는 장면이라든지. 영화를 말하기엔 너무 지독한 현실을 살던 우리였어."

나와 당신의 이야기

사랑해 마지않는 이들 곁에서
사랑을 모르는 사람처럼

이아로
아로새기고 아로새겨질 수 있기를.

영화씨와 손을 잡는 건 낯선 일이었다. 이렇게 오랫동안 온기를 나누어 본 적은 없는 것 같은데. 어쩌면 나는 영화씨의 체온을 줄곧 그리워해 왔는지도 모른다.

영화씨의 손은 적당히 촉촉하고 따뜻했다. 피부 표면이 종잇장처럼 얇아서 손등의 푸른 핏줄이 선명하게 만져지기도 했다. 무언가를 소중하게 여긴다는 것은 그런 것이었을까. 영화씨는 내가 금방이라도 부서질 듯했는지 조심스럽게, 아주 조심스럽게 나의 손을 포개 쥐었다.

영화씨는 나를 걱정했다.

승강장 나무 의자에 앉아 서로 아무 말도 하지 않았다. 생각을 가다듬다 그만 눈시울이 붉어질 뿐이었다. 하기 힘든 얘기야? 영화씨가 물었다. 나는 입을 꾹 닫고 고개를 저었다. 아마도 이 얘기를 듣고 나면 울어야 하는 것은 영화씨일 테니, 비어있는 손으로 얼른 눈물을 훔쳤다. 어설프게 훔친 눈물은 금세 맺히고 맺히고 맺히고 또 맺히다가, 어쩔 수 없이 흘러내렸다.

영화씨는 쥐고 있던 손을 놓고 한 살배기 아이를 만지듯 나의 두 뺨을 감싸 쥐었다. 세계가 어항에 잠겼다.

어릴 적부터 슬픔을 숨기고 훔치는 데에는 영 소질이 없었다. 내가 배 속에 있을 적, 목이 찢어질 듯 울던 한 살배기 아이를 등에 업고 지새운 엄마의 새벽에서 온 영향일 것이다.

모두가 잠든 시간, 아이가 울기 시작하면 영화씨는 아이를 업고 현관을 나섰다. 한 집안의 일원으로 인정받지 못했던 여성에게 암묵적으로 강요되었던 유일한 해결책이었다. 시집살이, 독박육아, 가정 폭력 그리고 방관. 슬픔으로 차게 식은 그 도시 안에서 영화씨를 보듬는 온기는 오직 등에 업힌 아이의 작은 가슴뿐이었다. 영화씨는 아이와 철저한 둘이 됐을 때야 비로소 설움을 터트렸다. 영화씨의 마음도 모르고 더 우렁차게 목청을 내지르던 아이. 영화씨는 우는 아이의 가슴에 등을 기댄채 발을 동동 구르며 외로운 눈물을 흘려보냈다.

"엄마."

물에 젖은 발성기관은 일렁일렁 우스운 소리를 냈다. 엄마는, 내가, 거짓말하는 거, 싫지? 수축하는 성대를 밀어내며 한 글자씩 애써 내뱉었다. 목구멍에서는 수증기 끓는 소리가 났다. 영화씨는 내가 입을 떼기 전까지 최악을 상상하고 있었을 것이다. 그리고 질문이 끝나기가 무섭게, 기다렸다는 듯 상상해 온 것을 차분하게 물었다.

"너 어디 아프구나.",

"치료할 수 있는 거야? 많이 안 좋대?"

점점 야위어 가는 나를 보며 영화씨가 두려워했던 것은 단지 그것이었다. 먹는 것마다 전부 게워 내는 나를 보며, 아침과 점심과 저녁마다 알 수 없는 약을 먹는 나를 보며. 그리고 내내 잠이나 자는 나를 보며 영원한 상실을 두려워했던 것이다. 나의 망설임은 영화 씨에게 철저한 형벌이었다. 처음부터, 언니를 잃은 것쯤은 아무것도 아니라는 듯 행동할 수 있었다면 얼마나 좋았을까. 언니에게 들은 말들에 상처받지 않을 수 있었다면, 슬픔과 상실 절망을 겪는 데에 능숙했다면 또 어땠을까. 나의 나약함은 언제나 주변을 망가트려 왔다. 그러니 이제라도 수백 번 곱씹어 본 말을 꺼내어야 한다. 영화 씨가 이렇게 진실을 두려워하고 있으니, 진실은 사실 별거 아닌 거라고 이야기해야만 한다.

"내가 만났던 사람 있잖아."

영화씨와 눈을 마주했다.

"그 사람, 오빠가 아니라 언니였어."

그리고 적막이 흘렀다.

영화씨와 더 많이 대화하고 더 많은 표정을 봐 둘걸. 후회가 들었다. 마주하고 있는 표정이 슬픔인 것 같기도, 원망인 것 같기도. 그게 아니라면 절망이 나 두려움 그 언저리의 것처럼 보였다. 불투명한 그 표정에 어떤 말도 덧붙일 수 없었다. 나는 눈물을 뚝 뚝 떨어트리며 미안하다는 말만 반복할 뿐이었다. 영화씨는 그에 아무런 대꾸도 하지 못하고 나의 눈 물을 닦아냈다. 꼭, 어떤 얼룩을 지워내는 것 같았다.

그동안 너무 무난하게 커밍아웃을 해온 탓에 그것이 불러올 반작용에 너무 안일해져 있었나. 나 를 대신해 눈물을 뚝뚝 흘리던 동기도, "힘들었겠다. 괜찮아, 나아질 수 있어. 내가 기도할게." 손을 덥석 잡고 굳은 신앙이 담긴 눈빛을 보내던 그 친구도. 그 땐 그 마음들이 불필요한 감정 낭비이자 받는 이 없 는 무용한 위로라고 생각했었는데, 우습지만, 지나 간 것을 현재로 빌려와 덜컥 신세라도 지고 싶은 마 음이 들었다.

곧 기차가 온다. 나는 이렇게 비겁하게 영화씨 를 두고 도망갈 것이다. 차가운 아스팔트 바닥, 기댈 것 하나 없는 이곳에.

영화씨가 숨을 크게 고르고 천천히 말했다.

"아로 주변에 워낙 좋은 언니들이 많아서 헷갈렸나 보다. 잠깐 부는 바람 같은 거야, 괜찮아."

그것은 영화씨의 바람이었다. 내가 전래동화 해와 바람에서 유난스럽게 해를 좋아한 탓으로, 아마도 바람은 나에게 그 어떤 바람도 불어주지 않을 것이다.

엄마, 이게 잠깐 부는 바람이 아니면 어떻게 해? 비에 젖은 산하엽 같은 얼굴로 영화 씨에게 거짓말을 했다. 잠깐 불고 말 것이 아니라는 것쯤은 너무 잘 알지만, 동성애자가 아닐지도 모른다는 헛된 가능성을 영화 씨에게 심어두고 싶었는지도 모른다. 그것은 희망이 될까 희망 고문이 될까. 미결의 질문으로 남길 수만 있다면, 그럴 수만 있다면….

기차의 굉음이 적막의 자리를 메웠다.

영화씨는 기차가 떠날 때까지 자리를 지켰다. 어쩌면 그 후로 한참을 머물렀을 것이다. 아니, 갇혀버렸다고 표현해야 할까. 길게 포옹을 나누었던 가슴에 영화씨의 온기가 뜨겁게 남은 것을 보면, 영화 씨의 눈물은 심장에서 먼저 증발해 흐르지 못한 것일지도 모른다는 생각이 들었다.

—미안해 엄마. 조심히 들어가.

사라지지 않는 숫자를 바라보며 창에 머리를 기댔다. 흐르는 풍경 그 멀리 불안한 시선을 묻었다.

겪어 온 바로는, 삶에서 동성을 사랑하는 것쯤은 대수로운 일도 아니다. 다만, 내가 여성을 사랑한다는 사실만으로도 상심하는 누군가가 있다는 것이 가끔은 두렵다. 사랑해 마지않는 이들 곁에서 사랑을 모르는 사람처럼 굴었으나 사랑은 결국 들통나버리고야 마는 것. 나의 성 지향을 아는 이들도 모르는 이들도, 내가 사랑에 빠지고 헤어 나오는 것쯤은 적당한 눈치로 알아차릴 수 있었다.

나는 몇몇 비 퀴어 여성들에게 계륵 같은 존재였다. 갖고 싶지는 않지만 그렇다고 버리고 싶지도 않은 어떤 것. 연인 관계에서나 할 수 있는 특별한 것들을 즐기면서도 나의 연인이 되는 것은 바라지 않았다. 가질 듯 말 듯, 놓아줄 듯 놓치지 않을 듯. 도대체 왜 나를 갖지 않는 것인가?라는 자기애적 의문 탓에 비관을 하지 않고서는 사랑이라는 것을 말할 수 없었으니, 눈물을 짓거나 무력감에 빠지는 일 따위가 빈번할 수밖에 없었다. 그러나 생각해 보면 그런 것 쯤은 별거 아니다. 잘난 누구든 사랑에 실패하기도 하는 법이니까.

실패보다 힘든 것은, 관계가 소중할수록 면밀

한 마음을 깊이 숨기려 드는 마음이다. 소중할수록 더 솔직해야 하는 것이 아니냐고 묻는다면, 만에 하나라도 잃게 될 경우를 대비해 준비해야 할 마음이 너무나 많다.라고 답할 것이다.

내게는 '소중하다'라고 말할 수 있는 사람이 애초에 몇 없다. 그 중 퀴어로서의 힘듦을 이야기하는 때가 오면 자연스레 떠오르는 친구가 있다. 세상만사에 관심 없는 듯 반항아처럼 굴면서도 누구보다 다정하고 섬세한 놈. 본인은 쿨워터 향이 풍기는 낭인 같은, 어울리지도 않는 어떤 컨셉을 잡은 듯하지만 어림없다. 너만큼 다정한 사람도 드물 테니까.

"너네 나 빼고 단톡방 있지."

종영이 말했다.

저놈의 눈치를 간과한 나의 실수였다. 스캔들의 대상을 대충 얼버무려 얘기하면 괜찮을 거라고 생각한 것이 나의 오산이었다. 애인이 있는 애와 입술을 물고 빨았든 나체로 바닥을 뒹굴었든, 종영이에게 내가 퀴어라는 것을 유추할 만한 어떤 단서도 흘릴 생각은 없었는데. 그렇게 조심성 없이 '소중한 사람에게 상심을 주는 상황'에 스스로 내몰다니. 그동안 해 온 수십 번의 커밍아웃 중에 가장 힘겨운 커밍아웃을 앞두었다. 그다지 중요하지 않은 진실에 종영이는 상처를 받을까, 나를 혐오하게 될까. '퀴어 포비아'라고 자신을 칭하던 종영임을 알기에 덜컥 겁이 났다. 종영이를 잃고 싶지 않았다.

그렇다고 언제까지 숨길 수 있었을까. 또, 언제까지 숨길 생각이었을까. 그것은 나를 위한 일이었을까 종영이를 위한. 아니, 우리를 위한 일이었을까. 종영이의 가치관을 핑계 삼아 멋대로 판단해 버렸던 문제를 비로소 들춰냈다.

"나 여자 좋아해."

"왜 빨리 말 안 했어?"

"그건...."

아니, 도라이인가? 포비아 놈이 왜 나더러 역정인지 모를 일이었다.

"너 호모 포비아라며! 어떻게 말해!"

어쩌면 이 한마디로 모든 것은 종영이의 탓이 되었다. 우리 사이에 비밀이 생긴 것도, 차마 용기를 내지 못했던 것도, 종영이를 빼고 단톡방을 만든 것도, 함부로 겁을 먹고 늘어놓았던 거짓말들도. 네가 나 손절할까 봐 무서웠어 라거나 아직 마음의 준비를 다 못했다는 등의 진솔한 이야기를 해야 했는데. 비겁하게 "너 호모 포비아라며"라니. 그것은 결코 최선의 답이 아니었다. 적어도 우리 사이에서는.

종영이에게 답장이 오기 전 그 잠깐의 정적 동안, 나는 내가 걱정했던 것보다 괜찮은 상태라는 것을 깨달았다. 아마도 여자를 좋아한다는 사실을 되묻는 대처가 아닌 왜 이제야 말했냐는 것에 더 큰 섭섭함을 느끼던 종영 덕분이었을 것이다. 걔는 그런 놈이다. 예상하지 못했던 곳에서 생소한 감동을 주는 그런 이상한 놈.

"그럼 내 가치관을 바꿀게."

자랑이 될 만큼 멋있는 놈.

그 후로 종영에 의해 얼마 동안 "배신자 새끼"라고 불렸다. 그 애칭에는 종영이 나름의 배려가 담겨있었으니, 기분이 나쁘지는 않았다. 따지고 보면 맞는 말이기도 하고. 아무튼 쑥스러움이 많은 건지, 얘는 표현을 꼭 이런 식으로 한다.

겉바속촉 종영은 가치관을 바꿨다. 가치관뿐일까, 온갖 성정체성과 성 지향성에 대한 많은 것들을 공부했다. 그저 '레즈비언'으로 정체화하던 내게, 너는 태어난 성별과 정체화하고 있는 성별이 같으니 '시스젠더 레즈비언'이야.라고 친히 알려주기도 했다. 알겠으니 적당히 했으면 좋겠다.

어쨌든, 그렇게 종영이는 내 삶에서 가장 소중하다고 자신할 수 있는 친구가 되었다. 대학교에서

얻은 건 종영이 뿐이야. 라고 말할 만큼 각별한 친구 말이다.

그날, 영화씨에게 커밍아웃을 하고 올랐던 기차 안에서 종영이가 생각났다. 삶이 먹먹할 때, 무언가에 자신이 없을 때, 두려울 때 혹은 곁이 필요할 때. 나는 자주 너를 생각해 왔으니 자연스레 네가 떠오른 거겠지. 김종영이 그리워지는 때라니. 나는 생각보다 많이 종영이를 애정한다.

종영, 그리고 이름을 전부 나열할 수 없는 이들. 그들의 존재 자체가 영화 씨의 우려에 대한 반증이자 위로가 될 수는 없을까. 이 세상이 손가락질하는 모습일지라도 나는 괜찮다. 내가 구축한 세상에서는 여성이 여성을 사랑하는 것이, 남성이 남성을 사랑하는 것이, 그리고 그 누구도 사랑하지 않는 것이 아주 자연스러운 현상 중 하나일 뿐이니까.

타인의 혐오와 사회적인 배척. 편견과 비난. 그에 따른 나의 무너짐. 퀴어의 엄마로서 당연히 가질 법한 두려움들. 나는 그저 내 곁의 이들이 영화 씨가 우려하는 일들은 일어나지 않을 것이라는 자신감에 대한 증명이 되기를 바랄 뿐이다.

영화 씨에게 답신이 왔다.

-아무 생각 말고 눈 좀 붙여. 엄마도 조심히 갈

게.

　　-사랑해, 우리 딸.

　　사무치는 마음을 뒤로한 채 알 수 없는 해방감
이 들었다. 이제, 사랑해 마지않는 모든 이들과 사랑
을 말할 수 있게 되는 것일까.

　　사랑을. 비로소.

바꿀 수 있는 것

김종영

헤테로 포비아 꼰대에서 퀴어 프렌들리가 됐습니다.
뭐든 늦게 깨치는 편입니다.

완전히 친해진 다음에야 들은 이야기지만, 아로는 나를 싫어했다. 지천으로 널려 있는 호구들과 내가 다를 바 없어 보였던 것이 그 이유라고 했다. 우리가 처음 만났을 당시의 내가 상위 1%의 특급 호구였다는 사실은 도저히 부정할 수 없기 때문에, 그 말을 들었을 때 기분이 나쁘지는 않았다. 그저 '어색해하는 게 아니고 싫어하는 거였군.'이라는 생각이 잠깐 스쳤을 뿐이다. 그도 그럴 것이, 아로는 내가 아는 사람 중 (나를 포함하여) 가장 호구 같은 사람이었기 때문에 걔가 내게 어떤 말을 해도 별 소용이 없다. 보통 사람이 내게 호구라고 했다면 분명 화를 냈겠지만, 호구가 호구에게 호구라고 부르는 것은 문제가 없다. 가령, 성소수자가 가까운 다른 성소수자에게 퀴어를 낮잡는 말을 던지면 농담으로 받아들여지는 일과 같은 것이다. 그리고, 걔와 내가 직접 쓰고 펴낸 책들을 살펴보라! 누가 더 호구인가? 대답은 이미 정해져 있다. 물론, 우리는 그것을 차치하고서 사랑이라는 제비에게 놀아나는데 이골이 난 사람들이라는 것이 더 중요하다. 원래 제비에게 뜯긴 호구들은 같은 처지라는 걸 알기 전까지는 가까워지기 힘든 법이다. 이제 와 생각해 보면, 나와 처음 만난 아로는 아마 동족 혐오를 느꼈던 것이 아닐까?

로스코 카모 반바지와 스냅백이 유행하던 시절. 우리는 같은 대학의 같은 과에서 처음 만났고, 그 탓에 엮여 있는 것이 많았다. 겹치는 친구, 겹치는 수업, 겹치는 동선… 싫다는 이유만으로는 도저히 멀리할 수 없는 물리적 거리. 새 학기가 시작되고 자연스레 형성된 무리 중 하나에 우리는 함께 속했고, 자의 반 타의 반으로 친구처럼 어울려 다녔다. 함께 밥을 먹고, 술을 마시고, 앉아서 떠들었다. 보통은 학생 식당 아래 광장이나 편의점 앞 테이블에서였다. 모두가 함께 있을 땐 정도가 덜했지만, 아로는 나를 계속 불편해했다. 눈치 하나만은 타고난 내가 느꼈던 건, 불편해하는 대상이 비단 나뿐만이 아니라는 것이었다. 걔는 대부분의 남성. 아니, 모든 남성에게 경계심을 가지고 있는 듯 보였다. 보통은 이성 관계에서 트라우마가 있거나, 극도로 보수적인 가정에서 자란 이들에게서 볼 수 있는 모습이었다. 내가 이상하게 생각 한 건, 그 많은 사람 속에서 나만이 그것을 느꼈다는 점이다. 분명 남성과 대화할 때 떨리는 동공이 보이는데, 삐그덕대는 몸이 보이는데, 억지웃음이 보이는데....

　　그래서 나는 아로를 동성 친구 대하듯 했다. 목
욕탕을 같이 갈 수는 없었지만, 바보짓을 하면 비참
해 질 정도로 욕을 했다. 물론, 그건 바보짓을 하지
않아도 마찬가지였다. 학과를 대표하는 무뢰배였던
나에게는 무척 쉬운 일이었다. 함께 노는 친구에게
마음껏 욕 하지 못하는 것도 웃긴 일 아닌가? 그런데
우리가 속해 있던 무리 안에서는 그런 일이 일반적
이었다. 정확히는, 다른 친구들 사이에서는 잘만 날
아다니는 비속어가 아로에게만은 닿지 않았다. 이유
는 심플하다. 아로가 그들에게 그렇게 행동할 수 있
을 만큼의 거리를 내어주지 않았거나, 아로를 좋아
하고 있었으니까. 일단, 나의 경우 후자는 절대 아
니었고, 본인이 내어주지 않는 거리 따위도 큰 문제
가 되지 못했다. 어차피 한 무리에 묶인 몸이라 도
망가지도 못하는데, 내 발로 가까이 가면 될 일이었
다. 싫으면 주먹을 내질러서라도 막아야지. 나는 걔
와 둘이 남았을 때 흐르는 어색한 기류가 너무 싫었
다. 잘못한 것도 없는데 괜히 주눅 드는 기분을 느끼
는 건 더더욱 견딜 수 없었다. 모두와 친하게 지내고
싶다는 큰 꿈은 꾸지는 않았다. 그저 그 누구와도 어
색한 관계이고 싶지 않았다. 같은 무리 안에 있는 사

람에게 어색함을 느끼는 일 자체가 이상하다고 생각했다.

"학생 식당에서 같이 밥 먹자!"가 나의 주된 레퍼토리였다. 대부분의 시간에는 몇몇과 함께였지만, 종종은 둘이서였다. 처음 몇 번은 편의점에서 점심을 먹겠다는 말로 나를 피하려 들었지만, 거기까지도 따라붙는 집념을 본 뒤에는 따로 밥 먹는 일을 포기한 듯 보였다. 그 뒤로는 내게 친근감을 느끼기 시작한 것 같았다. 드디어 지인과 친구 사이의 경계에 발을 걸친 것이었다. 보통은 아주 싫은 사람이 아닌 이상 단둘이 밥을 몇 번 먹은 뒤에는 어느 정도의 친밀도는 갖게 된다. 혹시, 이걸 읽으며 '난 아니던데.'하고 생각한 당신, 혹시 불순한 의도를 갖고 있던 건 아닌가요? 그렇다면 양심도 없는 사람! 로맨틱이나 섹슈얼한 호감을 얻기 위한 행동은 난이도가 다릅니다!

성적으로 관심이 없다는 사실을 어필하기 위한 말이나 행동을 많이 했다. 가령, 뜬금없이 중지를 들어 올리거나 '우우'하는 야유를 보내는 식이었다. 나는 평소에도 그런 짓을 많이 했지만, 아로에게는 특히 더 그랬다. 어색함이 들어차 있던 눈에 당혹감이나 어이없는 감정이 비치고 난 뒤면 걔의 입에서는 어김없이 실소가 흘러나왔기 때문이다. 실소도 웃음이고, 웃음은 친밀의 먹이다. 나는 식물을 키우는 마음으로 꾸준히 웃음을 뿌렸다. 아로에게서 친구의 싹이 트는 것이 보였다.

그런 나의 노력에 감복한 것인지 걔는 나에게 '하나밖에 없는 남사친'이라는 칭호를 붙였다. 별로 기쁘지 않은데, 자꾸 자랑스러워해도 좋다고 말했다. "넌 내 음… 암튼 몇 번째 여사친인데." 하는 말에는 "어쩌라고 새   ."이라는 말이 돌아왔다. 한 무리에 속한 남자가 몇인데 내가 유일한 남사친이라니. 친구라는 단어에 참 인색한 놈이라는 생각을 했다. 그렇게, 함께 다닌 지 한 달 하고도 몇 주 만에 우리는 친구가 됐다. 서른이 넘어서 까지 가장 가까운 인물이 될 것이라고는 전혀 상상하지 못한 채였다.

사건은 우리가 친해질 대로 친해진 뒤에 일어났다. 걔가 레즈비언이라는 사실을 알지 못할 때 벌인 일이었다. 카페에서 커피를 마시며 대화를 나누는 중에 저지른 실수.

"나 호모 포비아인데?"

바로 나의 호모 포비아 선언. 호모 로맨틱, 호모 섹슈얼 레즈비언 앞에서 호모 포비아를 선언하다니. 와우. 이 내용만 본다면 여러분도 나를 미친놈으

로 보겠지만, 내가 호모 포비아가 되었던 데에는 다
나름의 이유가 있다. 정말 쓸까 말까 고민을 많이 했
는데, 난 사실 게이에게 강간당할 뻔한 경험이 있다.
그때 그 새끼의 죽탱이를 갈기고 바로 도망가지 않
았다면 평생 트라우마에 시달렸을 것이다. 결국 당
하지는 않았지만, 친하다고 생각한 동성이 잠에 취
한 내 몸을 더듬는 그 기억은 여전히 남아있다. 당시
의 내가 겪었던 퀴어라고는 그 새끼뿐이니 포비아가
되는 것은 어쩌면 당연한 수순이었다.

　　당시의 아로는 그 사실을 몰랐다. '그냥 싫어
서'라는 이유를 대는 나를 바라보며 무슨 생각을 했
을까? 친구의 입에서 나오는 포비아 선언에도 그저
잠시 멍해졌을 뿐일까? 아니면, 가슴에서부터 폭발
하는 당혹감을 감추기 위해 목을 울컥거리며 감정을
숨겼을까? 그중 무엇이 되었든 그때의 나는 이상함
을 느끼지 못했다. 아로가 레즈비언이라는 생각을
하지 못했고, 내 생각이 옳다고 믿고 있었으니까. 그
재빠른 눈치는 정작 필요할 때가 되어서 고개를 처
박고 있었다.

　　그렇게 시간이 흘렀다. 다행히 우리는 멀어지
지 않았고, 여전히 친한 친구였다. 가장 예민한 부분
에 대한 것을 알지 못한 채로 가까운 사람 목록에 서

로를 올려 두었다. 소셜 네트워크 서비스의 발전으로 사람들끼리 모여 채팅방을 개설할 수 있게 된 세상에서 나와 아로는 딱 4명이 있는 방에 함께 있었고, 매일 같이 대화를 나누었다. 나는 경상남도 김해에서, 아로는 광주에서. 얼굴을 봐도 속을 모르는 이들끼리 텍스트만 난무하는 채팅방 속에서 말을 섞었다. 그럼에도 우리는 여전히 친구였다. 누구도 정해준 적 없지만, 소중한 것은 원래 스스로 정하는 것이다.

　　활기차던 대화방이 언젠가부터 뜸해졌다. 원래 많은 메시지를 보내지 않는 나 외의 3명도 부쩍 말이 줄었다. 종종 나만 알지 못하는 이야기를 했다. 아로와 나를 뺀 나머지 둘도 각각 안성과 연천에 있는데, 그게 가능한가? 가능하다면 분명 나를 빼고 대화를 나눈 것이다. 순간 머리가 번뜩였다. 이 새끼들 나 빼고 단톡방 팠네.

　　잠깐의 분노. 그리고 이내 찾아온 이성. 나는 아로를 포함한 그들을 굉장히 신뢰하고 있었기 때문에, 어떠한 이유 없이 나를 따돌리는 짓을 할 거로 생각하지 않았다. 나와는 나누지 못할 대화 주제가 있고, 그것을 위해 따로 대화방을 개설했을 것이라는 짐작. 그렇다면 나에게 숨겨야 할 주제가 뭐가 있을까? 아니, 변비가 도져서 며칠째 화장실을 못 가고 있는지도 알고 있는데, 말 못 할 것이 도대체 뭐가 있는 거지?

천천히 생각해 보니 이상한 것이 한두 가지가 아니었다. 내가 다른 단톡방을 눈치채기 얼마 전 우리 대화방의 화두는 이아로의 첫 키스였다. 술을 많이 마시고 벌인 일이라고 했고, 상대는 애인이 있는 사람이라고 했다. 거기에 나는 "왜 섹스는 안 하고 키스만?"이라고 했던 것 같은데. 멍청하긴. 내가 아는 이아로가 술김에 남자와 키스할 리가 없다. 남성에게 친밀감 자체를 잘 형성하지 못하는 인간이 그런 짓을 벌일 수 있을 리가 만무하다. 거기다 애인이 있는 남자와? 그거야말로 언어도단이다. 그렇다면 결론은 어떻게 내려야 하는가. 남자가 아니라면 여자뿐이다. 그래? 그럼 아로는 레즈비언이군. 확실한 건 아무것도 없었지만, 왠지 모르게도 강한 확신이 들었다. 동시에 과거에 내가 마구잡이로 뱉었던 언행들이 떠올랐다. 이런, 망했군. 이대로 내버려 두면 내게는 평생 사실을 말하지 않을 거라는 예감이 피어올랐다. 젠장, 연애사를 나만 못 들으면 조금 서운한데.

나는 다소 치사한 방법으로 커밍아웃을 끌어

내기로 했다. 다름이 아니라, 나를 따돌린 것을 이용하는 일이었다. "너네 나 빼고 단톡방 있지."하는 메시지를 투척했다. 사라진 숫자, 돌아오지 않는 답장. 아마 또 그 방에서 대책을 마련하고 있었겠지. "나 빼고 해야 할 비밀 이야기가 대체 뭔데 그래." 하는 메시지도 보냈다. 계속되는 나의 채근에 결국 두 손을 든 아로.

　　"나 여자 좋아해."

　　"왜 빨리 말 안 했어?"

　　"너 호모 포비아라며! 어떻게 말해!"

　　감정의 나열조차 없는 몇 자의 텍스트일 뿐이었다. 그럼에도 지독한 설움과 답답함이 느껴졌다. 나는 별 도움 되지도 않는 "그렇다고 어제까지 같이 놀던 사람이랑 절교하겠냐?" 같은 위로의 말을 늘어놓기 바빴다. 그럼에도 걔는 어쩔 수 없었다는 식의 말만 할 뿐이었다. 낯부끄러운 말들을 참고 참았다. "아무리 그래도 넌 소중한 내 친구야." "고작 성소수자라는 이유로 널 미워하지 않아." 같은 말들이었다. 나는 그런 간지럽기만 하고 별 설득되지 않는 문장들을 제쳐 두고 그저 내 진심을 말하기로 했다. 왜냐면 난 퀴어에 대해서 아무것도 몰랐거든. 그래서 그때 내가 가장 하고 싶었고, 아로에게 가장 필요했을 말 한마디를 뱉었다.

"그럼 내 가치관을 바꿀게."

지리산 너머에 있는 광주의 습도가 올라가는 것이 피부로 느껴졌다. 순간, 얼굴을 보고 있지 않아도 느낄 수 있는 것이 있다는 사실을 깨달았다.

◯ " 낯부끄러운 말들을 참고 참았다. "아무리 그래도 넌 소중한 내 친구야." "고작 성소수자라는 이유로 널 미워하지 않아." 같은 말들이었다. "

아현의 습작

강원
다큐멘터리 <퀴어 마이 프렌즈> 주인공

요즘 글을 자주 쓴다. 6개월 전 시작한 글방모임은 어느덧 일상을 지탱하는 중요한 리추얼이 되었고, 글방 동료들과 서로의 귀여운 엄살을 주고받으며 마감을 지켜내다 보니 글도 제법 모였다. 우리가 쓴 글로 독립서점에서 전시회를 열기로 하고 글 몇 편을 골라 모았다. 인쇄까지 해놓고 보니 백지 앞에서 헛헛한 마음을 쏟아낸 시간이 두께감을 가진 물성을 가지고 눈앞에 태어났다. 오랜만에 느끼는 기분이 반가워 얼마 전부터는 다짜고짜 연재 기획안을 써보고 있다.

기획안을 쓰다 보니 저자 소개가 제일 어려웠다. 계속 썼다 지우기를 반복하는데도 영 마음에 들지 않았다. 어느 날, 키보드 앞에서 멍때리던 중 아현에게서 연락이 왔다. "내가 오빠 저자 소개를 써봤는데 보고 어떤지 알려줘." 며칠 전 통화했을 때 징징대던 과거의 내가 나를 살렸다. 읽기도 전에 아현이 쓴 내용이 훨씬 더 좋을 걸 이미 알고 있었다. 아현이 쓴 내 저자소개는 이랬다.

'솔직하지 않고는 못 배기는 성실한 관종. 기독

교인이지만 퀴어이고, 한국 남성이지만 미군에 입대해 미국 시민이 되었다. 늘 자신을 수식하는 언어는 충돌했고, 그 사이 어딘가를 방황했다. 별난 친구를 둔 덕분에 그 방황을 다큐멘터리로 기록했다.'

별난 친구 아현은, 어쩌다 보니 내가 주인공인 다큐멘터리 <퀴어 마이 프렌즈>의 감독이다. 별나기도 하지만 보통 인간은 아닌 것이, 7년 동안 15테라바이트가 넘는 촬영본과 밤낮으로 씨름했던 맷집의 아이콘이다. 촬영, 편집과 더불어 제작비 충당을 위해 온갖 국내외 단체에 나에 대한 이야기를 써서 발표하고, 수정하고, 까이고. 다시 제안서를 만들어 제출하고, 까이고, 또 수정하고. 이 모든 과정을 대학원까지 다니면서 해냈으니 이쯤 되면 석사와 함께 나에 관한 학위가 따로 나와야 하는 거 아닌가 싶다. 여전히 먹고 사는 일이야 녹록지 않겠지만서도. 며칠 내내 키보드 위를 방황하던 손가락이 민망할 정도로 아현이 쓴 소개를 읽으며 기분 좋은 헛웃음이 터졌다. 이내 고마움과 미안함 사이에서 빚진 마음이 고개를 내밀었다. 위태로운 시절에도 포기하지 않고 카메라와 함께 곁을 지켜준 아현의 시선이 늘 고맙고 미안했다.

"내가 오빠의 이야기를 영화로 만들면 어떨 것

같아?"

7년 전 어느 카페에서 마주 앉은 아현이 던진 질문이다. "재밌을 것 같은데?"라고 호기롭게 답했지만 사실 그때는 별생각이 없었다. 이날 우리 대화가 영화 속 한 장면이 될 줄은 꿈에도 몰랐으니까. 그 무렵 카메라를 자주 들고 다니던 아현의 습작이 되고자 시작한 촬영이었다. 멈추지 않고 흘러가는 시간을 지속적으로 담아내는 일은 상상 이상으로 어려운 일이었다. 만날 때마다 카메라는 늘 함께했고, 혹시나 카메라가 없는 순간은 중요한 기록을 놓치고 있지는 않을까 신경쓰였다. 지인들과 만나는 다양한 모임에 늘 카메라를 들고 나타나는 아현에게 삼각대라는 별명이 생겼다. 처음에는 신기해하고 호의적이다가 점점 불편한 내색을 하는 주위 사람들의 눈치를 봐야 하는 상황이 불편했고, 국제이사가 잦았던 시기에는 나를 따라 카메라와 함께 바다를 건너는 아현이 안쓰럽기도 했다. 그렇게 카메라와 함께하는 삶에서 마주했던 부침을 껴안으며 7년의 세월을 거치고 비로소 영화를 완성했다. '오빠의 이야기'로 시작한 프로젝트는 '우리의 이야기'가 되어 관객을 만났고, 그 출발은 무려 캐나다 국제 영화제였다. 토론토로 가는 비행기에서 아현과 나는 "이게 실화냐"를 연신 반복했다. 82분 러닝타임의 상영이 끝나고 관객과 직접 대면하는 첫 행사에서, 먼저 무대로 올라가 다큐멘터리 감독으로 자신을 소개하는 아현을 관객석에서 바라보는 일은 비현실적이었다. 상상해 보지 못했던 현실 앞에서 문득 궁금해졌다. 우리가 함께한 시간은 어떻게 흘러와 여기까지 오게 되었을까.

아현은 나를 늘 궁금해했다. 대학 시절, 연극제에 함께 참여하면서 처음으로 알게 된 아현은, 고작 한 학번 선배인 나에게 뭐가 그렇게 궁금한 게 많은지 오만가지 질문을 던졌다. 아현의 첫인상은 똘망똘망한 눈에서 느껴지는 어떤 생기로 기억된다. 자신을 둘러싼 세상을 향해 적극적으로 내던지는 호기심의 생기. 당시 나는, 대학에 와서야 마주하게 된 성 정체성 고민으로 많이 혼란스러웠다. 답이 없는 질문에 어떻게든 답을 내려 매일 나 자신을 날카롭게 세웠다. 그런 애씀은 나도 모르게 내 안에 생채기를 냈고 나는 그럴수록 세상과 담을 쌓고 내 안으로 파고들었다. 아현을 알게 된 건 이즈음이었는데, 신기하게도 부담스럽게 느꼈을 법한 아현의 질문이 전혀 불편하지 않았다. 나를 향한 아현의 물음표에는 어떤 판단이 배제되어 있었다. 다른 건 몰라도 아현의 질문만은 적극적으로 내 안으로 끌고 와 최선을 다해 성실하게 답하는 일이 반복되며 우리는 가까운 친구가 되었다. 갑작스럽게 내가 미국 유학을 떠난 뒤에도, 국제통화로 핸드폰이 뜨거워질 때까지 이야기하다 자세한 건 만나서 얘기하자는 그런 사이. 방학을 이용해 한국에 잠시 들어온 어느 여름날에 나는, 당연하게 아현을 만나 당연하게 커밍아웃했다. 아현은 이날 나의 커밍아웃을 '세계관의 지진'이라고 표현하지만, 나에게는 아주 평범한 보통의 하루였다. 그날 마신 음료가 아메리카노였는지 카페라테였는지 기억나지 않는다. 분명한 건 이날의 별스럽지 않은 커밍아웃은 이후 우리의 대화를 더 길고 깊게 할 뿐이었다.

삶의 표면을 간신히 덮는 것으로 시작한 가벼운 대화도 어느새 깊숙한 곳에 닿았고, 아현과 삶을 나누는 일은 불안한 일상을 붙잡아주는 닻이었다. 정답이나 해결책으로 끝나는 대화는 아니었지만 '그래도 이 정도면 우리 잘살고 있구나'라고 위로가 되는 서로. 아현이 다큐멘터리를 찍자고 제안했을 때 고민은 없었다. 우리 관계의 연장선이라고 느꼈고, 썩 어울리는 일이라는 생각까지 들었으니까. 날 궁금해하는 아현이 신기했지만, 신기함은 쑥스러움을 감추기 위함이었고, 쑥스러움 뒤에는 사실 고마움이 있었다. 남들과 다른 선택을 내릴 수밖에 없던 시절에 나는 어쩌면, 아현의 궁금함에 기대어 어려운 선택을 좀 수월하게 할 수 있었을지도 모르겠다. 그래서 영화가 완성되었을 때 느낀 고마움은 아현의 암 진단 소식을 듣고는 빚진 마음으로 영글어 마음 한 구석에 맺혔다.

7년에 걸친 다큐는 완성되었고, 아현과 나의 삶은 계속 흘러간다. 영화 마지막 장면에 나는 떠밀리듯 한국을 떠났는데 엄마의 폐암 소식을 듣고 다시 귀국하게 되었고, 아현은 정식 개봉을 앞두고 분주하게 지내다 갑작스럽게 자궁내막암 진단을 받고 항암을 시작했다. 다큐로 겹친 7년의 세월로부터 걸어 나와 각자의 삶을 살아가다 불현듯 찾아온 '투병' 앞에 아현과 나는 다시 재회했다. 흔히들 불행이라고 말하는 곳에서. 그럼에도 서로의 삶을 포개어 따로 또 같이 길어낼 언어들을 상상해 본다. 이 상상을 포기하지 않을 수 있는 건 함께라서 가능한 거겠지. 내 삶이 너에게 습작이 될 수 있다면, 어떻게든 내 삶을 이어가 보려고. 나는 오늘도 기꺼이 백지 앞에 앉는다.

◯ "아현은 이날 나의 커밍아웃을 '세계관의 지진'이라고 표현하지만, 나에게는 아주 평범한 보통의 하루였다. "

강원의 다이어리

서아현
다큐멘터리 <퀴어 마이 프렌즈> 감독

"너, 네가 믿는 하나님에게 뺨 맞는 기분 느껴본 적 있어?"

강원은 웃음기 띤 얼굴로 농담하듯 말했지만, 나는 웃을 수가 없었다. 내가 던진 질문에 또 다른 질문으로 맞받아친 강원의 답변은 나의 예상 범위를 한참 벗어나 있었다. 무덥고 습한 날씨였는데도 등에서 식은땀이 났다. 평소에 표정을 잘 숨기지 못하지만, 그 순간만큼은 내가 당황한 것을 들키지 않기 위해 필사적으로 노력했다. 테이블 위에 올려져 있는 애꿎은 아이스커피를 빨대로 휘저으며 시선을 피하는 것으로 나는 위기를 모면하려 했다.

모든 것은 강원의 다이어리에서 시작됐다. 2011년의 어느 여름날, 강원이 내게 건넨 다이어리에서.

강원과 나는 포항의 직은 기독교大學에서 만난 한 학번 선후배 사이였다. 소규모 학과였던 공연영상학과에서 한 학기 내내 연극 수업을 같이 들으며 우리는 자연스럽게 가까워졌다. 그러던 어느 날, 졸업이 얼마 남지 않은 시기에 강원은 갑자기 교환

학생을 신청해 미국으로 떠났고, 이후 그 학교로 편입을 했다. 여름방학을 맞아 오랜만에 강원이 한국에 돌아왔을 때, 우리는 강원의 본가가 있는 부산에서 재회했다. 씨앗호떡을 하나씩 나눠 먹고, 시장 좌판에 앉아 당면도 한 사발씩 흡입한 뒤에 여기저기를 함께 쏘다니다 더위를 식히러 카페에 들어갔다. 보수동 책방 골목의 오래된 건물 2층에 자리한 한적한 카페에는 빈자리가 많았지만, 강원은 구석 자리를 콕 짚어 저기에 앉자고 했다. 강원은 아이스 아메리카노를, 나는 아이스 카페라테를 시켰던 것으로 기억한다. 주문한 커피를 한 모금 들이켜자마자 강원은 화장실을 다녀오겠다며 자리에서 일어났다. 뭔가 이상한 건 거기에서부터였다. 강원이 내게 자기 다이어리를 건네주는 것이다. 자신이 화장실을 다녀오는 사이에 보고 있으라면서. 얼떨결에 다이어리를 받아 들긴 했지만, 나는 혼란스러웠다.

우리가 서로 다이어리를 공유할 만큼 가까운 사이인가?

에어컨 소리가 요란하게 들릴 정도로 조용한 카페에서 강원의 다이어리를 들고 나는 잠시 고민했다. 강원은 누구에게나 친절하지만, 또 누구에게나 똑같이 거리를 두는 것처럼 느껴지는 구석이 있었다. 몇 시간이고 즐겁게 수다를 떨며 서로에 대한 퍼즐을 맞춰나가다가도 왜인지 마지막 순간에 퍼즐 한 조각을 잃어버린 척하는 사람 같기도 했다. 이메일로, 전화로, 메신저로, 강원과 무수히 많은 대화를 나눴지만, 내가 그와 특별히 가까운 사람이어서라기보다는 강원이 누구와도 유쾌하게 대화할 수 있는 사람이기 때문이리라 생각했다. 그런 강원이 갑작스럽게 자신의 사적인 기록을 나에게 공유하려는 것이 꽤 당황스러웠다. 이걸 진짜로 보라고 준 걸까? 강원의 다이어리를 들고 잠깐 주저하긴 했지만, 나는 결국 호기심을 이기지 못하고 두꺼운 다이어리를 펼쳤다. 그 와중에도 내용을 너무 자세히 보면 안 될 것 같은 마음에 낱장을 휘리릭 넘기며 최대한 대충 훑어보려던 그때, 낙서 하나가 눈에 들어왔다.

"엄마 몰래 화장을 해보는 남자아이."

화장대 거울과 립스틱, 그리고 그 거울 앞에 선 꼬마가 그려진 그림과 메모. 작고 엉성한 낙서였지만, 카메라가 줌인을 하듯 내 눈에는 그 낙서가 크게 확대되어 보였다. 그 순간, 좀처럼 맞춰지지 않았던 퍼즐의 한 조각을 찾은 것만 같았다. 심장이 두근거리며 머릿속에 질문이 이어졌다.

강원이 나에게 다이어리를 일부러 보여준 걸

까? 내가 먼저 물어봐 주길 바라면서?

　　하지만 강원의 의도를 확신할 수 없었다. 그저 별 뜻 없이 다이어리를 보여준 것이라면, 내가 괜한 이야기를 꺼내 분위기가 어색해지고 말 것이다. 이 낙서를 못 본 척하는 게 나을까? 아니야, 궁금한 걸 참느니 사흘 밥을 굶고 말지. 손에 다이어리를 든 채 혼자 번민하고 있을 때, 강원이 아무렇지 않은 표정으로 자리에 돌아왔다. 그가 자리에 채 앉기도 전에, 나는 물었다. 너의 성 정체성을 고민해 본 적이 있느냐고. 그리고 또 물었다. 그렇다면 너와 하나님의 관계는 어떠하냐고.

　　갑작스러운 나의 질문 공세에 강원의 눈이 휘둥그레졌던 것으로 보아 그날 나에게 다이어리를 건넸던 것은 순전히 우연한 일이었던 것 같다. 아니, 일부러 다이어리를 보여주긴 했지만 내가 그렇게까지 직설적으로 질문할 거라고는 예상하지 못했던 것일 수도 있다. 강원의 의도는 정확히 알 수 없지만, 그날 강원은 내가 하는 모든 질문에 기꺼이 답을 해주었다. 이제 와 돌이켜 보면, 내가 성 소수자에 대하여 무지했던 만큼 나의 질문도 무지하고 무례했을 것이다. 내 호기심 섞인 질문이 강원을 불편하게 했을 법한데도, 강원은 성실하게 자신의 이야기를 들려주었다. 무더운 여름날, 카페 테이블에 다이어리를 올려 둔 채 서로 마주 보고 나눈 대화의 끝에 나는 우리가 대학 선후배 사이가 아닌 "친구"가 되었다고 느꼈다.

4대째 기독교 집안이란 것을 자랑스럽게 여기는 보수적인 가정에서 자라며, 나는 단 한 번도 내 주위에 성 소수자가 있을 거란 상상을 해본 적이 없었다. 그런 내게 강원의 커밍아웃은 세계관을 뒤흔드는 사건이었고, "하나님을 믿는 게이"라는 그의 고백은 나를 둘러싼 세계에 무수한 질문을 파생시켰다. 그 질문을 해결해 보고자 무작정 카메라를 들었고, 커밍아웃 이후의 강원의 삶과 그 여정을 지켜보는 나의 변화는 7년의 세월을 거친 끝에 <퀴어 마이 프렌즈>라는 다큐멘터리로 기록되었다.

다큐멘터리를 만들자며 호기롭게도 친구에게 카메라를 들이밀었지만, 영화를 만드는 과정은 녹록지 않은 시간이었다. 카메라를 들고 강원에게 다가갈수록 나는 나의 착각을 마주해야 했다. 내가 그에 대해 잘 알고 있다는 차가음. 강원이 다이어리 속에 남겨 둔 퍼즐 한 조각을 발견할 수 있어 기뻤지만, 그 한 조각의 퍼즐로 한 사람에 대한 그림을 완성할 수는 없다는 것을 배워야 했다. 내가 서투른 줄도 모른 채 강원에게 카메라를 들이밀며 온갖 질문을 쏟아냈는데도, 강원은 끝내 도망치지 않고 그 질문에 응답해 주려 노력했다. 강원이 자신을 챙길 여력조차 없을 때도 나의 질문에 답해주기 위해 얼마나 애를 썼는지 영화를 마무리할 즈음에서야 나는 깨달았다. 그것이 나에 대한 강원의 우정이었다는 것도.

가끔 우리가 부산에서 만났던 십여 년 전의 여름을 떠올리며 "만약에"라는 상상을 해본다. 우리가 재회했던 그날, 만약에 강원이 나에게 다이어리를 건네지 않았다면? 그래서 그 하루가 대학 선배와 오랜만에 만나 즐거웠던 기억으로만 남았다면 어땠을까. 만약에 그 낙서를 보고도 내가 모르는 척했더라면, 우리의 관계는 지금과 달랐을까? 그날 내가 강원의 다이어리에서 전혀 다른 낙서를 발견했더라면, 내가 그려낸 강원이라는 세계의 상(像) 또한 달라졌을지도 모른다. 무더운 여름 부산에서 재회했던 그날, 우리에게 여러 가지 가능성이 있었지만, 우리는 서로에게 내밀한 이야기를 공유하고 낯선 세계에 대한 질문과 답을 함께 하기로 선택했다.

그리고 우리 사이에는 발견해 나가야 할 퍼즐과 공유할 수 있는 페이지가 여전히 많이 남아 있다.

"뭔가 이상한 건 거기에서부터였다. 강원이 내게 자기 다이어리를 건네주는 것이다. 자신이 화장실을 다녀오는 사이에 보고 있으라면서. 얼떨결에 다이어리를 받아 들긴 했지만, 나는 혼란스러웠다. "

멀고도 가까운 사람들

트랜지션은 안했지만,
나는 'FTM' 트랜스젠더입니다

YOUNG

나는 그저 보통의 사람,

남들처럼 웃고 남들처럼 아파하는

같은 세상 안에 살아가는

그저 다를 것 없는 보통의 YOUNG.

어릴 적부터 나는 유별났다. 인형 대신 로보트를 가지고 놀았으며, 남자들과 축구하는 것을 좋아했다. 심지어 친구 생일파티에 초대되어 기념사진을 찍을 때 기관총 장난감을 들고 포즈를 취하기도 했었다. 나의 이런 점들이 그저 오빠가 있어서 영향을 받았나 보다 싶었다.

초등학생 때였나, 한창 <커피프린스 1호점>이라는 드라마가 유행했다. 나는 극 중 주인공인 '고은찬'의 외형적 모습에 빠져들었다. 그 길로 엄마에게 달려가 머리를 자르고 싶다고 졸랐고 엄마와 합의를 본 머리가 내 인생 짧은 머리의 시작점, 바가지 머리였다. 짧은 커트가 아니라 아쉬웠지만, 짧아진 내 머리에 나름 만족스러웠다.

중학생. 생각이 자라고 머리가 커진 나는, 엄마의 말을 무시하고 짧은 커트머리를 해버렸다. 내 모습이 너무 만족스럽고 행복했다. 허나 2차 성징으로 가슴과 몸의 라인이 조금씩 변하기 시작했고, 변하는 내 몸이 너무 싫고 절망스러웠다. 다행인 점은 그 당시 마른 체형에 가슴도 그리 크게 형성되지 않았다는 것이다. 잘 가리면 티가 나지 않아서 그땐 그나마 그것에 안도했다.

그 당시 나는, 근처 남학교 선배와 사귀었다. 그 선배는 짧은 머리든 아니든 그냥 나란 사람 자체가 좋다고 했다. 그 선배에게 마음은 없었지만, 다른 선배들의 부추김과 '이런 나를 좋아하는 사람이 있을까' 하는 마음에 사귀게 되었다. 역시나 이런 마음으로 시작된 연애는 좋은 결말을 맺지는 못했다. 시간이 지난 후에도 같은 마음으로 남자인 사람을 만나게 되었지만 이 또한 좋게 이어지진 않았다.

동성애자, 트랜스젠더 등 LGBTQ가 내 세상에 전혀 없던 개념들이었을 때, 너무나 당연하게 '나는 XX 염색체를 가진 여자이고, 여자는 남자를 만나야 한다.'라는 틀 안에 갇혀있었다. 나의 정체성에 대한 고민을 할 생각조차 하지 못했고 스스로도 남자 같은 '여자'라고만 생각했었다. 나도 내 정체성을 정확히 몰랐기 때문에 뭐가 문제인지 인지하지 못한 채 어렴풋이 남들과 조금 다른 것 같다고만 생각하며 지냈다.

그러다 직장에 들어가서 지금의 애인, 내 인생 첫 여자 친구를 만났다. 그동안 몇 번 되지 않는 연애는 다 남자를 만났고 여자는 처음이었다. 업무적으로 다른 사람들보다 능력 있는 모습에 매력을 느꼈고 무엇보다 예뻤다. 입사 1년이 지났을 때쯤, 우연히 둘이 여행을 갔고 그곳에서 서로의 마음을 확인했다. 머리가 아닌 마음이 끌리는 대로 우리는 만났다.

성별을 떠나 그저 그 사람이 좋았지만 둘 다 동성연애는 처음이라 혼란의 과정을 거쳤다. 그 시간 속에서 나는 그저 '아, 내가 레즈비언인가, 아니 바이섹슈얼인가.' 하는 성적 지향에 대한 고민을 하며 LGBTQ 세상에 첫걸음을 내딛게 되었다.

성적 지향을 고민하고 알아갈수록, 나는 레즈비언이 아니라고 느껴졌다. 애인과 만날 때는 자연스레 애인의 '여자친구'가 아닌 '남자친구'처럼 행동했으며 '남자'로 보이고 싶어 했다. 나는 그저 내 애인의 '남자친구'가 되고 싶었고, 그 이전에 '남자'이고 싶었다. 그런 점에서 레즈비언이라고 말하기에는 나는 그들과 좀 다르다 생각이 들었다. 나는 성적 지향이 아닌 성 정체성에 문제를 가지고 있나는 걸 인지하고 고민을 시작했다.

일단 가슴을 없애고 남성의 몸이 되고 싶었디. 네이버와 유튜브에 단순하게 '가슴 없애는 법', '남자 근육 만드는 법'을 찾아봤고 '탑수술'과 'FTM'이라는 용어를 알게 되었다. '탑수술'은 말 그대로 위쪽 수술로 유방 절제술이나 가슴 확대 수술을 뜻하지만 보통 유방 절제술의 뜻으로 많이 쓰이며 보통 'FTM'으로 정체화 한 사람들이 많이 받는다고 했다. 'FTM'은 'Female to Man'의 약어로 생물학적 성별은 여성이지만 본인이 정체화하는 성별은 남성인 것을 뜻하며 트랜스젠더의 일부분이다.

　　이 두 단어를 보고 내 속에서 어떤 감정이 북받쳐 올라왔다. 수술로 가슴을 없앨 수 있다는 것에 희망이 생겼고, 레즈비언 혹은 바이섹슈얼이라는 단어로는 표현되지 않았던 나 자신이 설명되고 이해되기 시작했다. 나는 다른 누구의 영향을 받은 것이 아닌, 그저 'FTM'이구나 생각하게 되었다. 정확히 무슨 감정인지 모르겠지만 안도감과 행복함이 올라왔던 것 같다.

　　좀 더 정확한 정보와 판단을 하기 위해서 유튜브, 다큐멘터리, 책 등 자료와 영상을 찾아보았다. 찾아보면 찾아볼수록 모든 것이 내가 너무 바라고 원하던 것이었고, 'FTM'이 나를 잘 정의한다는 생각이 들었다. 특히 가슴 수술에는 간절함과 확신이 생겼다.

　　혼자 결정을 해도 아무런 문제 될 것 없는 성

인이지만, 나 혼자만의 인생이 아니란 생각과 자식으로서의 괜한 죄책감에 중요한 결정을 내리기 전 가족에게 알리고 같이 얘기를 해야 한다고 생각했다. 무엇보다 가족의 지지를 받고 싶었다. 그런 마음에 일단 엄마에게 커밍아웃을 해야겠다고 결심했다.

처음엔 어떻게 말해야 할까 정말 고민이 되었다. 엄마가 접해보지 못한 세상을 어떻게 설명해야 할지 정말 어려웠다. 고민 끝에 생각해 낸 방법이 다큐멘터리 <너에게 가는 길>을 함께 보는 것이었다. 이 다큐멘터리는 성소수자 부모님에 대한 이야기로 게이와 FTM 트랜스젠더 자녀의 커밍아웃 후 부모님들이 자식의 세상을 점점 이해하려고 다가가는 다큐멘터리이다. 성소수자의 입장과, 커밍아웃을 받은 부모님의 입장을 같이 볼 수 있기에 딱 좋은 방법이라고 생각했다.

모든 준비가 끝나고 자취방으로 엄마를 초대했다. 그러곤 같이 볼 다큐멘터리가 있다고만 말씀드리고 바로 영상을 틀어 함께 보았다. 다큐멘터리 속 FTM 트랜스젠더인 '한결'님의 가슴을 없애고 싶다는 이야기와 그의 어머니 '나비'님의 마음이 열리는 과정, 두 분이 함께 헤쳐나가는 트랜지션 과정의 이야기가 나올 때마다 엄마에게 '나도, 나도'라고 슬쩍 내 속마음을 내비쳤다. 영상을 다 본 후 조용하고 차분하게 엄마에게 커밍아웃을 했다.

"엄마, 나도 이 분하고 같은 것 같아. 남자이고 싶어. 남자로 살고 싶어."

그 후 엄마가 지금까지 보았던 내 모습에 대한 설명을 늘어놓았다. 머리를 짧게 자르는 것, 어렸을 때부터 가슴이 있는 것이 싫어서 작은 속옷을 입었던 것, 치마를 절대 입지 않았던 것 등 여러 가지 행동의 이유는 남자로 보이고 싶어서, 남자이고 싶어서였다고....

엄마는 알 수 없는 표정을 지으며 혼란스럽다고 하셨다. 그러면서도 한편으론 영상을 보고 나의 이야기를 들으니 이해가 된다고 하셨다. 내가 얼마나 고민을 하며 말을 했고, 지금까지의 행동과 모습을 보았을 때 어떤 마음인지는 충분히 알겠다고, 그렇지만 거스르는 것은 안된다고, 무섭다고 하셨다. 혹시 착각을 하는 것은 아닌가 싶고 그게 아니라도 그렇게 생각하고 싶다고..., 머릿속이 복잡하다고 말씀하셨다.

사실 그 후엔 대화가 잘 이뤄지지 않았다. 엄마의 입장은 '이해는 가지만 남자가 되는 건 안 되는 행동이다.'였고, 나의 입장은 '나는 항상 남자이고 싶었다.'였으니까..., 서로 자신의 입장만 말하며 목소리가 높아져갔다. 엄마는 나에게 남자처럼 하고 다니는 것은 이해가 가는데 남자가 되겠다고 하는 건 아직 이해가 안 되고 혼란스러워 회피하고 싶다고 하셨다.

대화 후에 서로에게 시간이 필요하다는 것이 느껴졌다. 엄마에게 혼란스러운 마음은 잘 알겠지만 엄마가 이해하는 부분으로라도 나의 마음을 다시 한 번 생각해 달라고 부탁드리며 시간을 드렸다. 나도 내가 가슴수술, 자궁적출, 성기재건, 법적 정정 등 어느 것까지 원하는지 생각하는 시간을 가졌다.

한 달 후, 엄마가 전화로 "가슴 수술만 해, 아빠와 오빠한텐 비밀로 하고."라고 툭 말씀하셨다. 간단명료하게 말씀하셨지만 얼마나 많은 고민을 하시고 나의 결정을 지지해 주셨는지 알기에 너무 감사했다. 일단 가슴 수술만이라도 가족 전체의 지지는 아니지만 엄마의 지지 아래 편한 마음으로 할 수 있다는 사실에 너무 행복했다.

나는 아직 트랜지션을 시작하지 않은 'FTM' 트랜스젠더다. 'FTM'이 나를 잘 표현한다고 생각하지만 트랜지션을 시작하면 돌이킬 수 없는 부분도 있기에 아직도 내가 어디까지 원하는지 생각하는 시간을 가지고 있다. 지금까지의 생각으로는 앞으로 가슴수술과 개명을 진행할 예정이며, 전문가의 상담을 통해 정말 스스로 남자로 생각하는지, 어느 부분까지의 트랜지션을 원하는지 나를 들여다볼 예정이다. 그 후 내 마음속에서 확고히 결정되면, 생각한 부분까지의 트랜지션을 추가로 진행할 예정이다. 성 정체성과 별개로 성적 지향에 대해서는 아직 정확히 모르겠어서 그 부분도 고민하고 알아갈 예정이다. 앞으로 나의 길고도 험난한, 그렇지만 행복한 여정을 이 글을 읽는 모두가 함께 응원해 주셨으면 좋겠다.

◯ "처음엔 어떻게 말해야 할까 정말 고민이 되었다. 엄마가 접해보지 못한 세상을 어떻게 설명해야 할지 정말 어려웠다."

나비효과

눙눙
하고싶은 일을 하기 위해 하기 싫은 일도
꾹 참고 해치울 수 있게 된 N년차 직장인.
사회가 요구하는 '정상성'에 시시각각 싫증을 느껴
주기적으로 홍대 언저리에 출몰한다.
퀴어들에 둘러싸여 긴 설명 없이도
서로를 이해하고 공감 받는 일은 해도 해도 부족하다.
나와 같은 누군가도 '퀴어성' 부족난에 시달리고 있다면,
이 글이 조금이나마 그 갈증을 달래주길 바란다.

나비효과: 나비의 날개 짓이 지구 반대편에 태풍을 일으킨다.

친구들에게 하는 커밍아웃은 이제 더는 두렵지 않다. 그렇다고 직장에까지 밝혀야 직성이 풀리는 '오픈리 레즈비언'은 아니다. 커밍아웃은 대학 졸업 직후 들어간 회사에서 퀴어 친구를 만나면서 시작했다. '회사에 레즈비언이 있다니!'라는, 지금 생각하면 황당무계한 생각이 늦었다면 늦은 나이의 정체화로 이어졌다. *시스젠더 레즈비언. 스스로에 대한 정의를 마쳤을 땐 미루고 미룬 숙제를 마침내 끝낸 기분이었다. 지금까지 설명하기 어려웠던 순간들이 명료하게 해석되면서 새로운 세상이 찾아왔다. 짜릿함마저 감돌았다. 그 뒤로 설렘과 홀가분함이 뒤섞여 여기서기 커밍아웃을 하고 다닌 지 어언 5년째. 운이 억세게 좋은 건지 지난 수년간 고등학교, 대학교 그리고 몇몇 회사 친구들한테까지 별 탈 없이 커밍아웃에 성공했다.

물론 시작부터 모든 게 수월했던 것은 아니다.

처음 커밍아웃 하던 날의 기억은 아직도 생생하다. 손에 잔뜩 묻어나는 진땀을 연신 바지춤에 닦아가며 어렵사리 말을 꺼내던 그때, "나 사실 여자 좋아해." 그 한마디를 꺼내기 위한 서론에만 30분 이상을 쏟았다. 이제는 서론 따윈 과감히 생략한다. 바로 본론부터 시작. "잘 지냈어? 아 맞다, 나 이전에 만난 애 여자였어." 각자의 인생에 치여 의도치 않게 커밍아웃을 못 했던 친구에게 만나자마자 대뜸 고백을 날리는 식이다. 순전히 의사소통의 편의를 위해서였지만, 이런 나를 보고 친구들은 "얘 또 급발진한다."라며 고개를 절레절레 저을 정도니 '벽장 탈출'은 제대로 한 셈이었다.

　　이런 나에게도 큰 벽이 있으니 역시 가족이다. 내게는 엄마, 아빠와 두 살 터울의 언니가 있다. 부모님에게 은연중에 계속 신호를 보내고 있지만 좀처럼 받아들일 생각이 없어 보이신다. 집을 나와 살기 전까지는 커밍아웃을 아낄 예정이다. 안정적인 주거 보장을 위한 최소한의 계획이랄까. 그리고 남은 건 언니. 사실 언니에게 굳이 커밍아웃을 안 할 이유는 없었다. 또래이기도 하고, 혹시 이미 눈치채고 있는 건 아닐까 하는 작은 물음표도 지닌 상태였다. 다만, 친구들 모두에게 커밍아웃을 남발할 동안 언니에게

하지 않은 이유는 간단했다. 순전히 언니와 내가 '친하지 않기' 때문이었다.

언니와 나 사이의 어색함을 논하려면 몇 살 무렵으로 거슬러 가야 할까. 가물가물하다. 어릴 적부터 우린 달랐다. 언니가 샤랄라 원피스를 꺼내 입고 금발의 바비 인형을 가지고 놀 동안, 나는 한사코 치마를 거부하고 가오가이거 시계를 차고 드래곤볼이나 삼국지에 환장하던 아이였다. 커가면서 우리는 더 확연히 달라졌다. 언니는 못 말리는 '남미새(남자에 미친 새X)'로 성장했고, 난 도무지 남자에 목을 매는 언니를 이해할 수 없었다. 퀴어 정체성을 불행히도 인식하지 못한 학창 시절, 남자도 연애도 다 부질없는 한심한 짓으로 느끼던 나였다.

돌이켜보면 그 시절 난 좋아했던 여자 친구들과 부단히 친해지려 노력하는 창창한 레즈 유망주였지만, 스스로를 우정과 의리의 화신으로 착각했다. 그렇게 의도적으로 언니를 이해하길 포기하며 우리 자매 사이에는 데면데면함이 고정값으로 자리 잡았다. 언니와 나 그 누구도 '남미새'와 '여미새' 사이에 가로지르는 강을 굳이 건너려 하지 않았고, 우린 꽤 오랫동안 그 강의 깊이를 모른 채 지냈다. 그런데 언니와 나 사이를 가로막고 있던 그 강이, 실은 바지 끝

자락만 걷어 올리면 쉬이 건널 수 있는 얕은 실개천이었다는 사실이 아주 우연한 기회로 밝혀졌다.

때는 작년 8월 무렵. 한여름의 태양은 자연 시원한 맥주 한 잔을 떠올리게 했다. 간만에 퇴근 후 바로 집으로 향하던 그날, 해 질 녘에도 후덥지근한 더위가 맥주를 향한 욕망에 불을 지폈다. 지하철 역사를 빠져나오자 동네 최고 맛집인 곱창집이 나를 반겼다. 다른 식당 같았으면 혼자 들어가 1인분의 식사를 마치고 조용히 귀가했겠으나 곱창은 혼자 먹긴 아쉬운 음식이었다. 곱창에 막창에 볶음밥까지 시켜야 미련이 안 남을 터였다. 오랜만에 전화기를 들어 언니의 번호를 눌렀다. 곱창을 좋아하는 언니가 거절할 리 없었다. 우리는 그렇게 퇴근길 곱창 번개를 '급' 결성했다.

언제나 그렇듯 별말 없이 식사가 진행됐다. 통상적인 안부와 근황 교환식이 진행됐고, 곱창이 익어가자 먹기에 집중했다. 그러던 중 언니가 문득 "요새 왜 땡땡이랑은 안 만나?"라는 질문으로 내 허를 찔렀다. 그 무렵 긴 연애 끝 이별의 상처가 곪아 터져가는 중인지라, 땡땡이라는 이름만 들어도 혼자 아련해져 상념에 젖는 지독한 이별 후유증을 앓고 있었다. 금세 기분이 가라앉아 언니에게 되물었다. "그런 건 왜 물어?" 언니는 어깨를 으쓱하며 "네가 맨날 그 애 집 가서 살았는데 어느 날부터 안 가니 이상하잖아."라고 답했다.

솔직히 놀랐다. 내게 관심이 없는 줄 알았는데, 내가 누굴 만나러 가는지 또 집에만 처박혀있는지 언니는 다 알고 있던 것인가. 역시 언니는 눈치채고 있었나. 생각이 꼬리에 꼬리를 물었다. 그리고 이어진 내 급발진. "사실 땡땡이 내 전 여자 친구야. 지금은 헤어졌어."

탱글한 곱창알들을 사이에 두고 터뜨린 커밍아웃에 언니는 별다른 반응을 보이지 않았다. "그럴 줄 알았다"라나. 언니는 그때 서울의 모 여자 대학 행정실에 근무 중이었는데, 점심을 먹고 산책하다 보면 머리가 짧은 애랑 긴 애가 두 손을 맞잡고 애정행각을 벌인다는 것이었다. 아, 생각보다 언니의 근무환경이 꽤 선진적이었구나. 그날 처음 알았다. 이어진 언니의 발언도 날 한참 웃게 만들었다. "그리고 네가 언세부턴가 머리를 안 기르더라고, 남자 욕만 하고." 나는 홀로 깔깔 웃었다. 언니의 세계관 속에서 레즈비언은 너무도 '전형적'이라 그것이 참 재밌었다. 남미새와 여미새 사이에 이 정도 거리감은 있어줘야 않겠나 생각에 왜 웃냐는 언니를 앞에 두고 한참을 웃었다.

웃음이 그치자 다시 정적이 흘렀다. 다시 탱글한 곱창알을 마요네즈에 찍어 입 속으로 바삐 옮기며, 탄산이 잦아든 맥주를 꿀꺽꿀꺽 삼켰다. 정적을 깬 건 예상을 한참 벗어난 언니의 고백이었다. "난 사실 낙태했어." 술 한 잔 걸치지 않은 언니가 건조한 말투로 판도라의 상자를 열어젖혔다. 순간 벙 쪘다. 언니가 오랜 남자친구 있는 것도 알고 있었고, 성생활을 안 하리라 생각한 것도 아니었는데 언니의 임신중지 고백이야말로 진정 내 허를 찔렀다. 임신중지에 대한 글을 찾아 읽고, 다큐멘터리도 보고, 대체 언제 관련 법이 제정되냐며 툴툴거릴 동안 언니가 당사자일 거라고는 생각지 못했던 것이다. 허구한 날 여성 연대를 부르짖은 내 외침이 민망했다.

커밍아웃을 하기만 했지, 다른 이가 꽁꽁 감춰온 판도라 상자 안을 들여다본 것은 처음이었다. 뒤이은 말들은 적절함과 부적절함의 수위를 오갔다. "임신중지 필요하면 당연히 해야지. 잘했네, 힘들었겠다. 나한테는 말하지." 부류의 것들과 "아니, 내가 그래서 피임 잘하라고 몇 번이나 말하지 않았느냐, 남자친구 X끼는 뭐라고 했냐, 병원비는 누가 냈냐?" 등의 잔소리. 언니는 듣다 듣다 알아서 잘했다며 버

럭 짜증을 냈다.

아차 싶었다. 엄마, 아빠가 알게 되면 불같이 화를 낼 게 뻔하니, 임신 사실을 알고 '걸리지 않을까' 노심초사했을 언니가 그려졌다. 어릴 적부터 잔걱정이 많던 언니였는데 테스트기에 뜬 선명한 두 줄을 본 순간, 분명 나락으로 떨어졌을 그 심장을 떠올리니 혀 안이 씁쓸했다. 수술 전날 밤 언니가 떠올렸을지 모를 차가운 수술대에 생각이 닿자 속마저 텁텁했다. 김이 잔뜩 빠진 맥주를 급히 비웠다.

억지로 입꼬리를 밀어 올린 나를 본 언니는 짜증이 못내 미안했는지 임신을 한 걸 알았을 때 그리고 임신중지를 했을 때의 감상을 담담히 읊기 시작했다. 생각보다 아무 느낌 없더라. 슬프지도 않던데. 모성애 그런 거 난 잘 모르겠더라. 그냥 세포 조각 같은 거를 떼는 거래, 나도 이제 애 안 낳고 싶어. 조용히 흘러나오는 언니의 육성에 집중했다. 더 이상 보탤 말이 없었다.

그날 이후로 우리 자매 사이가 180도 달라신 것은 아니다. 한집에 살면서도 여전히 일주일에 한 번 대화할까 말까 한 데면데면함을 유지하고 있디. 그날의 내 고백이 언니 마음에 어떤 변화를 일으켜 몇 년간 꽁꽁 숨겨온 비밀을 쏟아내게 만들었는지는 아직도 잘 모르겠다. 하지만 각자의 비밀을 교환한 그날의 기억이 우리 자매 사이를 지탱하는 어떤 실낱 같은 끈을 만들어낸 것은 분명했다. 어느 날 결혼을 왜 하기 싫냐는 엄마의 채근에 "엄마, 요즘엔 안 하는 사람이 더 많대."라며 스리슬쩍 내 편을 들고 있는 언니를 발견한다. 여리지만 강한 연결이었다.

어느 날엔가 또 다른 비밀을 털어놔야 한다면 그때는 언니에게 맨 처음 말할지 모르겠다는 옅은 예감도 든다. 썩 나쁘지 않다. 아니 퍽 좋을지도.

◯ "웃음이 그치자 다시 정적이 흘렀다. 다시 탱글한 곱창알을 마요네즈에 찍어 입 속으로 바삐 옮기며, 탄산이 잦아든 맥주를 꿀꺽꿀꺽 삼켰다. 정적을 깬 건 예상을 한참 벗어난 언니의 고백이었다."

보통의 사람, 사랑

유영
그저 흘러가며 살고 싶은 사람입니다

"아, 나 여자 좋아하네."

그 감정을 느낀 순간은 여전히 생생하다. 그 감정과 함께 나는 영원히 평범할 수 없게 됨을 깨닫는다. 그 시절 나는 말 할 수 없는 것들이 많았다. 나의 불행은 대부분 말 할 수 없었으며, 숨기거나 어쩔 수 없이 말해야만 하는 상황들의 반복이었다. 나의 불행이라고 함은 부모의 잦은 이혼과 재혼, 형제와의 이별 또 이별. 남들에게 별거 아닐 수도 있지만, 누군가에게 매번 설명이 필요한 상황들이 나를 지치게 했다. 난 늘 누군가의 이해 대상이었다. 그들은 나를 이해하기로 선택하지만, 나에게는 선택의 여지가 없다. 그저 이해해야만 살아갈 수 있었다. 사실 내가 여자를 좋아한다고 해서 달라지는 건 단 한 가지도 없었다. 늘 깊은 시간에 눈을 뜨고 숨을 쉬고, 남들과 같이 지하철에 오르고, 내리는 것. 그렇게 다들 태연한 것처럼 나도 태연했다. 내가 태연한 만큼 나의 정체성이 나의 불행이지 않길 바랐다.

첫 커밍아웃은 그랬다. 막 고등학교에 올라간 시기였다. 이사를 하는 바람에 중학교 친구가 한 명도 없는 고등학교에 홀로 떨어지고 새 친구들을 사귀었지만 다들 중학교에서 같이 올라온 친구 하나쯤은 있었다. 나는 어디에도 정착하지 못 한 채 떠도는 유령의 마음을 느꼈다. 나의 중학교 친구 S는 유일하게 내가 먼저 연락하지 않아도 늘 먼저 연락을 해 주었고, 무작정 약속을 잡아 나를 집 밖으로 꺼냈다가 다시 넣어주는 그런 친구였다. 그런 S의 다정함은 나의 떠도는 마음을 한곳에 정착할 수 있도록 만들었다. 그 시절 나에게 S의 존재는 컸다. 그래서인지 제일 먼저 말하고 싶었다. 나의 모든 것을 이해해 주는 네가 이것 또한 이해해 주길 바라면서. 그날 신발을 신고 나가면서 생각했다. 오늘은 꼭 말해야지. S는 종일 내가 무슨 말을 하려고 하는지 궁금해했다. 말을 하려다가도 그 애의 눈을 보면 말이 나오지 않았다. 결국 낮부터 밤까지 시간을 끌었고 벤치에 나란히 앉아 음료를 마시며 천천히 입 밖으로 꺼냈다.

"나 사실 바이야. 바이가 뭐냐고? 여자 남자 둘 다 좋은 거. 쉽게 말하면 양성애자. 그렇다고 내가 널 좋아한다는 건 아니야. 사실 사람이 좋은 거지

굳이 성별을 따지는 건 아니고... 아무튼 내가 그래."

변명하듯 구구절절 말이 길어졌다. 사실 양성
애자는 아니었지만, 그 당시의 나는 너와 다르지 않
다고 납득시켜야만 할 것 같았다. 보통의 사람들과
교집합을 두어 나라는 사람을 끼워 넣고 싶었다. 그
래도 너희와 여전히 같은 부분은 있다고. 토해내듯
말을 하고 나니 숨이 쉬어졌다. 나의 커밍아웃에 대
한 S의 반응은 전혀 기억나지 않는다. 오로지 처음으
로 커밍아웃하던 나의 감정만이 선명하다. 목구멍에
걸린 알사탕이 넘어가는 기분. 딱 그랬다. 그 기분에
취한 건지 그 후에는 게임 퀘스트 깨듯 친구 목록을
하나씩 지워가며 커밍아웃했다. 나의 커밍아웃을 들
은 한 친구는 말했다.

"지구에 있는 인간 중 절반은 양성애자래."

사실 뻥일지도 모른다고 생각했지만. 늘 상대
가 이해해 주어야 성립 가능했던 이 커밍아웃이 처
음으로 이해가 필요한 것이 아닌 그저 나로서 인정
받는 일 같았다. 나는 늘 스스로를 인정하는 것보다
타인에게 인정받는 것이 더 어려웠다. 타인의 말 한

마디에 때로는 나의 근간이 흔들리기도, 정착되기도 했다. 몇몇은 자신을 좋아하는 줄 알고 날 멀리하거나(나도 취향이 있다고 반박하고 싶었지만) 여자끼리도 질투하냐는 둥. 지금은 웃고 넘길 해프닝 정도가 있었을 뿐 대부분 순조로웠다. 주변 사람들 대부분이 나의 정체성을 알아갈 때까지도 모르는 사람은 단 하나였다. 나의 엄마.

　　나와 엄마의 관계를 보통의 평범한 모녀로 정의하긴 어렵다. 나는 엄마와 어려서부터 떨어져 살았고 해외에 사는 엄마를 만날 수 있는 건 1년에 두어 번뿐이었다. 기억에 없던 시절부터 떨어져 살았지만 여전히 적응되지 않는 일 중 하나이다. 하지만 물리적 거리가 무색하게도 엄마는 나를 가장 잘 아는 사람이었다. 엄마는 나의 답장 유무와 상관없이 매일 같이 안부 문자를 보내왔다. 덕분인지 나에게 엄마는 유일하게 의지할 수 있는 어른이었고, 엄마와 나 사이에 비밀은 없었다. 내가 나의 성 정체성을 깨닫기 전까진 말이다. 엄마는 나에게 종종 남자친구 유무를 물었고 그럴 때마다 내가 할 수 있는 건 그저 연애에 무관심한 척하는 것뿐이었다.

2018년 여름, 늘어지는 계절. 소파에 다리를 올리고 누운 내 세상은 온통 거꾸로 보였다. 하염없이 시간을 죽이는 무료한 나날이었다. 여느 때와 같이 엄마에게 전화가 왔고 서로의 안부를 묻고, 식사 여부를 묻고, 또 나의 남자친구 유무를 물었다. 엄마는 그저 엄마로서 하나뿐인 딸의 연애 사정은 어떨지 궁금했을 것이다. 없으면 없는 대로 있으면 있는 대로.

"나 남자 안 만나."

반은 맞고 반은 틀린 의도의 말이었다. 알아주길 바라는 마음 반과 모르길 바라는 마음 반. 엄마에게 상처 주고 싶지 않은 마음과 거짓되고 싶지 않은 마음. 온 마음이 뒤섞여 심장이 울렁였다. 그사이의 정적은 그 어느 때보다 길었다.

"…"
"그냥 잠깐 호기심일 거야. 엄마 때도 그 시절 여자애들 몇 명 그랬어. 지금은 다 결혼해서 애 있다."

엄마 난 그런 가벼운 마음 아니야, 그렇게 한 철 지나면 사라질 마음이 아니라고 변명하고 싶었지만 아무 말도 할 수 없었다. 수화기 너머로는 결코 내가 알 수 없는 것들이 있다. 전화가 어떻게 끊겼는지 잘 기억나지 않는다. 나의 커밍아웃 이후, 엄마는 나에게 남자친구 유무를 묻지 않았다. 나 또한 이후에 몇 번의 연애를 했음에도 말할 수 없었다. 우리 사이에 손톱 거스러미만큼 불편함이 남아있었다. 어린 시절 나의 연애들은 대게 성공과 실패 중 실패에 가까웠고 어린 시절의 서툰 연애가 으레 그렇듯 헤어짐 하나에 내 온 세상이 무너지는 기분을 느꼈다. 작은 것에도 연연하며 작은 이별에도 온몸이 부서져라 눈물이 나오던 때가 있었다. 변변찮은 연애의 끝에 종일 눈물이 나던 밤, 타이밍이 무색하게도 엄마에게 전화가 왔다. 전화는 받되 울지는 말자. 다짐 또 다짐했다.

"딸 잘 지내?"

나의 다짐은 엄마의 첫마디에 무너졌다. 아니 나 잘 못 지내. 이후에 모든 걸 쏟아냈다. 그 누구에게도 말할 수 없었던 것까지. 이게 어떻게 보면 진짜 커밍아웃이었다. 오열하는 딸의 목소리를 들은 엄마는 어떤 기분이었을까. 몇만 키로 떨어진 곳에서 당장 안아줄 수 없고 오직 전화기 너머로 위로밖에 해줄 수 없는 엄마의 마음은.

엄마의 위로는 가볍지도 그렇다고 무겁지도 않았다. 내가 보통의 연애를 하는 것처럼 그저 위로했다. 진정이 좀 됐니? 엄마의 물음에 정신이 맑아지는 기분이 들었다. 사실 첫 커밍아웃 이후 엄마에게 더 이상 얘기하지 않기로 마음먹었었다. 엄마라는 존재는 그렇다. 내가 보는 엄마는 엄마의 삶에서 십분의 일도 되지 않을, 조각조각 나누어진 엄마뿐이었다. 나에게 가장 큰 부분을 차지하는 존재이면서 내가 가장 모르는 존재이기도 했다. 엄마를 모르는 만큼 불안했다. 그날은 종일 뒤척이며 많은 생각을 했다. 내일이 오지 않으면 좋겠다는 생각.

다음날 핸드폰 알람 소리에 퍼뜩 일어난 기억이 있다. 그게 헤어진 전 애인의 연락을 바란 건지 엄마의 안부 문자를 바랐는지는 잘 모르겠다. 누구든 나에게 확실했으면 좋겠는 마음. 엄마다. 엄마였어.

'오늘은 좀 괜찮아? 오늘 하루도 잘 보내 사랑해요.'

엄마는 전날의 일들을 다시 묻지 않았다. 나도 덕분에 괜찮다는 답장을 하고는 평소처럼 일상을 보냈다. 엄마는 여전히 나의 엄마, 나도 여전히 엄마의 딸이었다. 그 이후 사소하지만 많은 것들이 바뀌었다. 남자친구라는 단어에서 애인으로, 애독가인 엄마는 나에게 퀴어소설을 추천하고, 나는 정식으로 엄마에게 애인을 소개했다. 엄마와 나의 관계도 변화했지만 나를 구성하는 큰 부분들 또한 변화했다. 과거의 나는 보통을 추구하며 남들을 따라가기에만 급급했다면 지금의 나는 나의 것을 선택할 수 있다. 나의 정체성은 나의 것이니까. 나는 나의 것이니까. 더 이상 나 자신을 부정하고 의심하지 않는다.

한때는 나의 탄생을 저주했다. 다르다는 것이 틀린 것은 아니지만 결국 같을 수는 없다는 사실에 평생 나는 모든 것에서 한발씩 멀어져 가는 기분을 느꼈다. 지금의 나는 한발자국 물러서 타인의 다름을 이해하고 다른 사람들과 모여 우리만의 같음을 만들어 낸다. 다름이 곧 정체성인 사람들과 함께. 가

끔은 그런 생각을 한다. 내가 동성을 좋아하는 것이
나의 불행에서 기원한 것일까. 아무렴 어떤가 나는
지금 누구보다 솔직하고 행복하다. 어릴 적 대담하
게 커밍아웃하던 나는 누구보다 위태로워 보였지만,
실은 누구보다 단단했던 건 아니었을까.

　　　　*

　　　이 글을 쓰면서 문득 그 당시 엄마의 감정이 궁
금해져 곧장 전화를 걸었다.

　　　"엄마는 내가 커밍아웃했을 때 어땠어?"
　　　"놀랐지. 내 탓인 것 같기도 하고. 내가 옆에 있
어 주지 못했기 때문일까. 주변에서 그런 애들 종종
봤어. 그냥 외로워서 잠깐 그러는 애들. 우리 딸도 그
중 하나일까 생각했지. 네가 진심이라는 건 그때 알
았어. 펑펑 울면서 전화 받던 날. 너무 마음이 아프
고, 그때 깨달았어. 다 똑같구나. 사랑은 성별을 따
르지 않는구나. 그냥 엄마가 사랑할 때처럼. 그리고
너의 인생이니까. 나의 인생이 아니니까 이해하고
말고는 없었어."

"난 엄마가 날 인정해 줬다고 느꼈을 때는 나한테 소설 추천해 주고, 퀴어영화 봤다고 했을 때. 그때 느꼈어."

"엄마는 그런 사람이잖아. 엄마는 그때 너무 공허해서 무어라도 읽어야만 했어. 그때 너희 아빠랑 한참 싸우고 그랬을 때. 그 소설도 그중 하나였고. 특별히 동성애 소설이라 읽었던 건 아니지만, 위로받았던 것 같아. 그 책은 다 읽었니?"

"아직 안 읽었어. 내 애인은 다 읽었대. 좋다던데."

"너도 나중에 읽어봐. 좋아. 엄마가 말주변이 없어서 다 전달 됐나 모르겠네."

"충분해요."

◯ "엄마는 전날의 일들을 다시 묻지 않았다. 나도 덕분에 괜찮다는 답장을 하고는 평소처럼 일상을 보냈다. 엄마는 여전히 나의 엄마, 나도 여전히 엄마의 딸이었다."

할 말이 있다고,
나는 할 말이 있다고

김현경
보이지 않는 것을 보이게 하는 작업을 합니다.

대학 시절, 한 친구가 '어쩐지 잘 지낼 것 같다'는 이유로 한 친구를 소개시켜주었다. 우리는 셋이 함께 다니다 주선해준 친구에게 애인이 생기면서, 둘이서 보내는 시간이 많아졌다. 함께 수업을 듣고 함께 밥을 먹고 함께 술을 마시는 우리를 보고 몇몇은 "둘이 사귀어?"라고 묻기도 했다. 그런 말을 들을 때마다 우리는 머쓱한 표정을 지으며 "에이- 절대 아니에요" 말했지만, 그들은 '이상하다'는 표정을 지었다. 실제로 나에게는 전혀 그런 마음이 없었고, 친구도 마찬가지였을 거라 생각했다.

친구는 나와 전공 과목에 대한 관심사 외에 비슷하다고 할 점이 하나도 없었다. 나는 한 달에도 몇 번씩 지갑을 잃어버릴 정도로 칠칠맞았고 과제든 준비물이든 무엇도 잘 준비하지 못하기도 하고, 언제나 사람들에 둘러싸여 술을 마셨다. 그 친구는 챙겨 오지 않을 것 같은 것을 '혹시나' 싶어서 커다란 백팩에 가득 싸다녔으며, 내가 함께 술을 마시다 다른 친구를 부르는 걸 극도로 꺼려했다. 제멋대로인 나와 섬세한 친구, 우리는 아주 다른 사람이었다.

그럼에도 친구와 나는 함께 술을 자주 마셨다. 그 날도 학교 근처에서 맥주를 마셨던 걸로 기억한다. 취할 때까지 마시는 나와 다르게, 어느정도 기분 좋을 때까지 마시는 걸 좋아하는 친구에게 맞춰 맥주 서너 잔을 마셨다. 원래 같았으면 "소주나 더 마시러 가자!" 했겠지만, 맥주를 마시는 내내 표정이 좋지 않았던 친구의 컨디션이 좋지 않았을 거라 생각했다.

맥주를 마시고 나오자 친구는 좀 걷자고 말했다. 친구는 동네를 빙빙 돌았고, 걷는 걸 싫어하는 나는 이만 들어가거나 술을 더 마시자고 징징거렸다. 한 바퀴만 더 돌자, 한 바퀴만 더 돌자 하는 친구가 답답했다.

"나 할 말이 있어."

"그럼 해."

도대체 무슨 말을 하려고 이렇게까지 같은 길을 빙빙 돌며 뜸을 들이는지 이해할 수 없었다. 그러다 문득 '이런 건 고백의 레파토리가 아닌가' 하는 생각이 스쳤다. 그럼에도 그럴 리가 없다고, 이 친구가 나를 좋아할리는 없다는 걸 마음 깊이 알고 있었다. 정적이 흘렀다. 분위기를 좀 바꿔야 친구가 이야기를 할 거라는 생각에 농담을 던졌다.

"나 좋아하는 거 아니면 뭐든 말해도 돼. 나 좋아하는 거면 말하지 마."

"나 사실 남자를 좋아해."

말을 끝 마치기 전이었는지 끝 마치고 나서였는지, 친구는 울음을 터뜨렸다. 조금 예상하기도 했고, 그 사실이 별로 대수롭지 않은 일이라 여겨지기도 했다. 친구는 용기를 냈겠지만 나는 정말이지 미안할 정도로 아무렇지 않았다. 친구가 동성을 좋아한다는 사실이 친구 사이를 해치는 이유가 될 수 없을 뿐더러, 더 나아가 그런 사실이 나와는 별 상관 없는 일이라고 생각했다. 그러면서, 친구에게 신뢰를 샀다는 생각에 조금 우쭐하기도 했다.

10여년이 지난 지금, 친구에게 "나 이런 이야기로 글 쓸 거야" 말했다. 친구는 아직도 그 첫 커밍아웃의 순간의 긴장을 잊을 수 없다고 했다. 그러면서, 혹시나 친한 친구였던 나에게 자신이 받아들여지지 않는다면 '죽어버릴까'라는 생각까지 했다고 말했다. 들은 나에게는 그리 대수롭지 않은 이야기였지만, 말한 쪽에서는 죽음까지도 생각하며 꺼낸 이야기였던 것이다.

친구와는 그 후로 더욱 가까워졌다. 우리만의

비밀이 생겼고, 우리는 남자 연예인을 보며 누가 자신의 타입인지를 얘기하며 깔깔댔다. 학교를 졸업하고도 자주 만났으며, 각자의 일에 바쁘면서도 서로의 안부를 묻기도 했다. 그러던 어느 날, 친구가 '퀴어 퍼레이드'에 함께 가자고 제안했다. 나는 "내가 가도 되는 자리야?"라고 묻자, 다른 일반 친구도 함께 갈 거라 말하며 "너는 우리의 좋은 앨라이(ally : 성소수자가 아니지만 지지하는 사람)잖아" 말했다. 퀴어 퍼레이드에 가서도 친구는 앨라이 친구들과 함께 오다니 너무나 즐겁다는 이야기를 몇 번이고 했다.

우리는 퍼레이드 전에 모여 커피를 사 마시고, 긴 줄을 기다려 무지개 굿즈를 샀다. 나는 무지개 마스크를 착용하고 퍼레이드 대열에 섰다. 퍼레이드가 시작되려 할 때부터 빗방울이 조금씩 떨어지기 시작했다. 퍼레이드가 시작되자 비는 거세졌고, 폭우라 불릴 만큼의 비가 내렸다. 혹시나 싶어 친구는 우비를 대여섯 벌 사왔고, 우리가 먼저 입은 후에 다른 이들에게 나누려 했다. 주변에 비를 맞으며 휠체어를 타고 또 밀고 가던 분들을 보아 그들에게 우비를 나눠주었다.

폭우는 계속 되었지만, 퍼레이드는 멈추지 않았다. 우리는 '레즈'라고 적힌 팻말을 한 멋진 언니들의 차를 따라다니며 춤을 따라추고 노래했다. 많은 사람들이 건물의 카페나 식당들에서 신기한 눈으로 우리를 바라봤고, 그때마다 우리는 무지개 부채를 흔들어 인사했다. 걷는 거 싫어하는 내가 심지어 빗속을 걸으면서 생각한 건, 이렇게라도 '우리'가 있다고 외치고 싶은 사람들이 이렇게나 많다는 것이었다. 친구들과 웃고 뛰면서도 그런 생각이 들면 어쩐지 마음 한 켠이 시큰했다. 시청에서 시작된 퍼레이드는 을지로 쪽으로 돌아 한참을 걸어서야 끝났다. 신기하게도 다시 시청으로 돌아올 무렵에 비는 그쳤다.

"이 정도면 퀴어 퍼레이드 더 재밌으라고 내린 이벤트 같은 비 아냐?"

친구는 웃으며 말했다. 나도 깔깔 웃었다. 우리는 여러 곳에서 사진을 함께 찍고 놀다, 을지로로 옮겨 술을 마셨다. 친구는 다시 옛날 첫 커밍아웃의 기억을 꺼냈다. 그때는 정말로 이런 자신이 살아갈 수 있을까 고민했는데, 이렇게 친구들과 퀴어 퍼레이드에 함께하는 날이 온 것이 기쁘다고 했다. 그의 진심이 꽤나 느껴져 나는 별 말 하지 못하고 그저 빙긋 웃었다.

친구가 처음 커밍아웃을 하고, 나에게도 누군가의 첫 커밍아웃을 들은 때, 그리 진지하고 심각한 생각을 하지 않은 건 내가 퀴어에 이미 노출이 되어서가 아니다. 그저 동성을 좋아한다는 것이 나에게는 심각하게 생각할 이유가 없는, 그냥 누군가의 '사실'이었기 때문이다. 그래서인지 그 후로도 많은 친구들이 나에게 커밍아웃을 했다. 그 중에는 진지하게 말한 친구도 있었으며, 자랑스레 혹은 장난스레 말한 친구도 있었으며, 갑자기 이태원 게이 클럽 앞까지 데려가서 "난 사실 게이야. 그러니까 여기 가자" 말한 친구도 있었으며, 밥을 먹다 "그러니까 그 여자가..."라고 당연스레 말한 친구도 있었다. 그 모든 커밍아웃이 내게는 대수롭지 않았고, 또 친구들이 내게 자신의 비밀을 말해준다는 게 기쁘기도 했다.

점점 많은 친구들이 내게 커밍아웃을 하며, 처음으로 커밍아웃을 했던 그 친구는 내게 '퀴어 캣닢'이라는 별명을 붙여주었다. "막상 내 주변엔 퀴어가 별로 없는데, 니 주변에는 왜 그렇게 많냐. 나를 포함해서"라는 말을 하며 말이다.

언젠가 기회가 된다면 그 친구들과 모두 함께 퀴어 퍼레이드에 가면 좋겠다. 가서 모두 함께 걸으

며 춤을 추고 노래하며 세상 사람들에게 메시지를
전하면 좋겠다.

　　할 말이 있다고, 우리는 할 말이 있다고.

나와 타인을 안다는 것

한 번도 꼭 말해야겠다는 다짐을 한 적은 없었다 | 경백

당신이 어떤 사람인지 궁금할뿐 | 캐치볼

네잎클로버 | Me

사랑 없는 세계가 아닌 곳에서 | 공기와 꿈

한 번도 꼭 말해야겠다는 다짐을 한 적은 없었다.

경백

부지런한 관종을 지향합니다.

sincerely yours.

너와 내가 우리가 된 건 서로가 이성을 좋아하기 때문은 아니었으니까. 네가 내게 이성을 좋아한다 선언한 적 없듯이 나 또한 그러고 싶었다. 그게 공평하다고 생각했다. 아무래도 그편이 좀 더 자연스러웠다. 우리는 시답잖은 농담에 웃고 서로 좋아하는 걸 함께 했다. 나는 네 얘기를 듣고 너도 내 얘기에 대답하고, 함께 우울하기도, 또 한참을 즐겁기도 했다. 헤어질 때면 돌아가는 길에 너와 오래 나눴던 얘기들이 기억나지 않았다. 내가 진짜 하고 싶었던 말은 무엇이었을까. 너에게 듣고 싶었던 말들을 나 혼자 뱉으며 말들은 쌓인다. 그런 말들이 쌓여서 내가 된다.

거짓을 말한 적은 없다 생각했지만, 어느 날 네가 단언하듯 말하는 나는 조금 낯설었다. 그게 나라고? 네가 뱉은 나를 가만히 바라봤다. 네 앞에 높이 쌓인 말들을 무너뜨리는 게 어쩌면 우리 사이에서 내가 할 수 있는 가장 공평한 일일 수도 있겠구나. 내가 가장 좋아하는 노란색의 다이이리를 선물한 네가 맞은 편에서 익숙한 표정을 지어 보였다.

관계에도 항상성이 있다고 믿는다. 우리 사이

에 시간이 얼마나 흐르고 또 얼마나 많은 일이 생겨도 너를 처음 만났던 그때의 나이기를 바랐다. 그래, 그때의 나는 나를 잘 몰랐으니까. 지금의 나를 온전히 마주한 너를 상상해 보기도 했다. 여태껏 본 적 없는 표정으로 내 이름을 발음하는 너와 그 앞에 생경하게 서 있는 나를. 결국 내가 던진 진실에 맞아 무너진 나를.

   K: 정상
   "좀 정상으로 살고 싶어."
   정상성 편입에 목말라 있던 우리는 이런 대화를 자주 나눴다. 서로가 이성 애인을 만났고, 아무것도 숨길 것이 없었다. 우리는 꽤 정상으로 보였다. 때로는 행복했고, 때로는 슬펐고, 최선을 다해 사랑했다. 오랫동안 정상적이고 평범한 연애를 했다. 길거리에서 우리는 애인의 손을 잡고 걸었고, 친구들에게도 애인을 소개할 수 있었다. 어쩌면 그 친구를 닮은 아이를 낳는 것도 괜찮은 미래이지 않을까 상상했다. 우리에겐 서로가 동성을 좋아했었다는 사실을 말하는 것은 금기처럼 여겨졌다. 왠지 그런 말들을 입 밖으로 내뱉으면 다시는 정상으로 돌아갈 수 없을 것 같았다.

정확히 언제부터였는지 기억나지 않는다. 좀처럼 술을 마시지 않았던 나는 너만 만나면 주량을 훨씬 넘겨 술을 마시곤 했다. 내가 술을 처음 마신 기억도 너희 집에서였으니까. 우리는 누가 먼저랄 것도 없이 서로의 성 지향성에 관해 이야기했다. 그것은 어떤 선언처럼 느껴지지도 않았고, 고백처럼 느껴지지도 않았다. 준비할 것도 긴장할 필요도 없었고, 마치 어제 있었던 일을 이야기하듯 자연스러웠다. 다행이라고 생각했다. 가장 오래된 친구에게 가장 솔직할 수 있다는 건. 그렇게 우리는 아주 오래도록 이 사실을 잊고 지냈다.

S, J: 거짓말

일순간 차 안은 빗소리로 가득 찼다. 우리가 만나 온 10년이란 시간 동안 아마 가장 고요한 찰나가 지나갔다. 야. 거짓말하지 마. 얘 지금 거짓말하는 거야. 아닌 거 같은데? 얘 지금 거의 울려고 해. 너희 앞에서 처음으로 보이는 눈물이었다. 네가 가장 편히 마음을 털어놓는 친구라고 생각했는데, 너희에게 나를 말하는 일은 가장 힘들었다. 오래도록 거짓말을 하고 있었다는 죄책감은 가볍지 않았다. 나는 모든 연애사를 너희에게 이야기했다. 다만 그것이 동성인지 이성인지 따로 얘기하지 않았는데, 가장 편하고 가까운 친구라고 생각했던 너희들이 나의 진실을 마주하고 멀어질까 두려웠다. 변명이라면 우리가 서로를 이성애자라 전제한 적은 없었다. 다만 너희가 알고 있던 나와 다른 나를 알게 된다면 배신감을 느끼지 않을까 무서웠다. 차라리 얘기하지 않기로 했다. 나는 동성 애인과 연애할 때 애인이 없다고 한 적도 있다. 거짓을 말하는 날이 늘어났다.

사실 나는 너희와 헤어져 집으로 돌아가는 길엔 항상 왜 오늘도 말하지 못했을까 자주 후회했다. 오래도록 상상했던 순간은 계획없이 찾아왔다. 비가 오는 날이었고, 우리는 차를 타고 카페에 가고 있었다. 너희에게 커밍아웃 한 그 순간은 마치 기대하지 않았던 어떤 영화의 반전을 맞이하는 것처럼 낯설지만 금세 익숙해졌다. 카페에 들어가 커피와 디저트를 시켰고, 우리는 다시 시답잖은 얘기를 나눴다. 나를 바라보는 너희의 표정이 거짓말처럼 익숙했다.

C: 농담

"나는 네가 애인이 있든 없든 남자를 좋아하든 여자를 좋아하든 상관없다."

그렇게 말하는 너를 앞에 두고도 나는 웃기만

했을 뿐 아무 말도 하지 못했다. 이제 연애는 안 하냐는 너의 물음에 "만약에 내가 지금 만나는 사람이 있으면 어떨 거 같아?"라고 되묻자 돌아온 너의 대답이었다. 우리는 대학교 때부터 친구였다. 학교 앞 2평짜리 자취방에 살 때 너는 거의 매일 자기 집처럼 내 방을 찾아왔다. 어쩌면 너는 이미 알고 있는지도 모르겠다. 그래서 너는 어느 쪽이야? 농담처럼 자주 내게 물어왔으니까.

우린 자주 여행을 함께 다녔다. 친구들과 오키나와에 다녀온 얘기는 아직도 질리지 않는 안줏거리고, 여행 당일 늦게 일어나서 제주행 비행기를 놓쳤던 일, 여수에서 노을을 보며 예전만큼 쉽지 않은 일들도 이야기했다. 사실 나는 여러 번 나의 성 지향성을 내비쳤다. 물론 단 한 번도 진지한 적은 없었지만 너에게 만큼은 나의 진실도 너무 진지하거나 심각하게 여겨지지 않기를 바랐다. 그냥 우리가 매번 해오던 것처럼 웃고 서로를 놀리면서 즐거운 사실로 기억되기를 바랐다.

최근 이별을 한 너는 여름이 오기 전에 한 번 더 여행을 가자고 했디. 우리는 언제나 그렇듯 아무런 계획도 없이 떠나겠지. 어디로 떠날지 또 어떻게 떠날지는 아직 정해지지 않았다. 하지만 어쩌면 이번

여행에서 너에게 제법 진지하게 나의 얘기를 꺼내게 될까. 아니면 또 농담처럼 웃어넘기게 될까. 그즈음 네가 보고 싶어 했던 파도의 온도를 가늠해본다.

◯ "내가 진짜 하고 싶었던 말은 무엇이었을까. 너에게 듣고 싶었던 말들을 나 혼자 뱉으며 말들은 쌓인다. 그런 말들이 쌓여서 내가 된다."

당신이 어떤 사람인지
궁금할뿐

캐치볼

저마다의 행복이 가치 있기를 바라며.

동성애자라거나 양성애자라는 친구가 내 인생에 등장한 건 고등학교 때였다. 내 친구의 친구였는데, 셋이 있을 때 아무렇지 않게 말해주길래 그냥 '오, 그렇구나' 했다. 나와 가까운 친구가 아니어서 그러려니 하고 말았다. 그 애가 신기하긴 했던 것 같다. 모두가 당연히 이성애자라고 생각하는 어린 시절, 그렇지 않다고 말하는 사람이 처음이라는 신기함 정도.

　　대학에 올라오니 여자도 남자도 좋다는 애가 있었다. 그 친구는 나에게 관심을 보이면서 곧 남자 친구를 사귀었는데, 그게 진심인지 연막이었는지는 알 길 없지만 남자 친구가 있는 상태에서 나를 좋아했으니 남자친구는 연막이 아니었을까 생각하기도 한다. 그 친구가 자신이 여자도 좋아한다고 했을 때, 나는 상관없다고 말했다. 내가 여자라고 남자인 친구가 없는 게 아니듯 그 애도 그냥 그런 친구 중 하나일뿐이니까. 그 친구는 나에게 호감이 있어서 그 사실을 밝혔고, 나는 그런 마음이 없는데 그래도 너가 상관없다면 친구로 지내는 것이 좋다고 말했다. 얼마간은 그래도 친구일 수 있다고 생각한 것 같다. 그

애에게도 여자인 친구들이 많고, 그게 다 사랑의 대상이 아닌 건 자명한 사실이니까. 하지만 나만 친구였고, 그 애에게 나는 친구가 아니어서 그 애는 마음이 다하여 떠났다. 우리는 한참을 잘 붙어다니다가 어느 순간 멀어졌는데, 그 관계를 돌이켜보며 그 애가 어느 날 사랑의 마음이 식어 자연스럽게 나를 떠나갔구나 깨닫는 건 어렵지 않았다. 거의 10년이 지나 더 많은 경험을 한 지금의 내가 보면 더욱 그렇다. 관계가 그저 그렇게 사라지는 모습과 똑같았으니까.

이성애자인 나로서는 내가 좋아하는 사람이 이성애자이기만을 바랄뿐, 누군가 게이라는 사실을 알게 되었을 때 가해지는 충격이나 타격 같은 것은 없는 것 같다. 내가 열린 사람이라서가 아니라 그들이 그저 남이기 때문인지도 모른다. 나의 사회경제적 이익과 전혀 상관없는 남 말이다. 애초에 사람들이 왜 남 일에 그렇게 관심이 많은지 모를 일이지만, 몇 번쯤 친구가 나와 다른 성정체성을 가졌다는 것을 알게 되었을 때 나는 별다른 느낌을 받지 못했다. 그런 나에게 오히려 당황스러웠던 것도 같다. 이런 말을 어렵게 해줘서 고마울 수도 있을 것 같은데, 솔직히 말하면 특별히 고마운 일이라는 느낌이 들지 않았던 것 같고, 좋지도 싫지도 않았고, '이런 말을 들을만큼 좋은 친구인 나'라는 식의 자랑스러움도 없다. '본인이 너무 고생이겠다.' '힘들겠다.' 같은 생각을 하며 내가 사회적으로 쉬운 길을 걷는 것이 한편 다행인 것 같기도 하고, 그렇다고 쉬운 길을 걸을 방법 같은 게 그에게 필요하려나, 내가 모르는 것에 대한 조언이나 위로는 기만이고 조심스러운 일이니까, 상관 않는 것이, 그러니까 내가 이성애자라고 누가 나에게 조언을 두지 않듯이 말이다. 인간들의 참견이 그것뿐이랴, 이성애자라고 속 편한 것도 아니고. 서른이 넘으면 결혼이나 아이에 대한 압박과 불안이 얼마나 강한지 말이다. 왼쪽으로 누우면 왼쪽으로 누웠다고, 오른쪽으로 누우면 오른쪽으로 누웠다고 참견하고 핍박하는 사람들 투성이인 세계다. 어떤 곳에서 소수자가 아니라 다행이고 편한 나는 어떤 곳에서는 소수자가 되어 전전긍긍하고 불안을 느끼기도 하는데, 누가 누굴 위로하고 핍박하느냐는 말이다.

성 정체성이랄까, 성애의 스펙트럼에서 기준점을 딱 짚어 말하는 것은 불가능할 것이다. 동성애자 커밍아웃을 많이 겪은 사람도 아니고, 그렇다고 주변에 그런 친구가 없는 사람도 아닌, 애매한 중간자적 위치의 나는 종종 이런 생각을 한다. 세상에는 동성애자, 양성애자, 이성애자, 무성애자가 있는 것이 아니라, 그 스펙트럼 어딘가에 자신이 위치해 있을뿐인 게 아닌가. 동성애자가 주변에 있다는 것, 당신의 생각보다 많다는 것을 모르는 사람도 많은 것 같다. 그들이 말을 하지 않기 때문이다. 한 번도 자신에게 커밍아웃을 한 사람이 없었다면 그것은 아마, 당신이 그 말을 하면 안되는 사람으로 느껴지기 때문일 확률이 높다. 평생 커밍아웃을 하지 않고 살아가는 사람도 있을 것이다.

　　나에게 커밍아웃을 하지 않았더라도 나는 누구나 얼마든지 동성애자일 수 있다는 생각을 가지고 있고, 가끔은 궁금하다. 답답할 때도 있다. '이 사람이... 게이인가 아닌가.' 순수한 호기심도 있고, 내가 관심을 가진 사람이 게이라면 말짱 도루묵으로 얼른 마음을 접어야 하지 않나. 내 친구의 성적 지향성을 모르고서야 이런저런 얘기를 깊이 있게 할 수도 없을 테고, 누군가와 관계를 만들어 갈 때 실수할 수도 있을 것이고. 성적 지향성이 문제가 아니라 연애에 관심조차 없는 친구도 있다. 그런 친구를 보며 게이인가...? 싶을 때도 있다. 커밍아웃이라는 말 자체가 필요하지 않은 세상에 산다면 얼마나 편할까. '얼마나 좋을까' 보다도, '얼마나 편할까'라는 생각을 한다. 나는 친구인줄 알고 마음을 주고 오래 보고 싶었는데, 내가 연애 대상이라서 본인 마음 식은 뒤 떠나버리는 사람을 붙잡을 수도 없는 것이 공평하느냔 말이다. 아니, 자유로운 세상에서는 흔한 일이 되려나? 어쨌든 내 사랑하는 친구가 사실은 동성애자인데 그것을 평생 숨기고 살 요량이라서 내가 그 친구의 행복에 반하는 것을 자꾸 주고 싶어하면 어쩌냐는 말이기도 하다.

  이 세상이 더 관대하고, 아니 더 자유롭고, 아니 서로를 존중하고 배려하는 사회라면 얼마나 편할까. 배척하기 위해 상대를 확인하는 게 아니라, 서로를 잘 알기 위해 궁금해할뿐이라면 얼마나 좋을까. 그래서 우리가 관계를 조금 더 솔직하고 편하게 맺을 수 있다면 얼마나 좋을까.

네잎클로버

Me

이십 대 때처럼 삼십 대에도 글을 쓰고 있습니다.

친척들이 하나둘씩 돌아가고 지척의 친척들만 남게 된 명절의 큰집. 할 일이 떨어진 고사리손들 끼리끼리 모여 클로버밭을 가자고 한다. 세잎클로버 천지일 밭에서 네잎클로버를 누가 가장 빨리 찾을지 겨뤄보자면서. 나는 자신 있게 뛰어들었다. 너 나 할 것 없이 푸른 잎사귀일 때 가장 특별한 사람은 나일 테니까. 다 같이 쪼그리고 앉아서 한참 동안을 클로버밭을 뒤졌을까 "찾았다!" "찾았다!" 여기저기 네잎클로버를 찾았단 소식이 들려온다. 다들 네잎클로버인 척을 하는 것이 아닐지 의심도 해보던 나는, 더 동그랗게 눈을 뜨고 자리를 뒤적거렸다.

초등학교 3학년부터 3년 연속 내리 학급 반장을 도맡으면서 나는, 남들보다 내가 조금 더 특별하다는 자만심 같은 게 생겨났다. 운동도, 공부도 또래보다 잘했기 때문에 그리 믿어도 되는 줄로 알았다. 6학년 때였디. 기슴이 봉긋해진 여자애들 키가 점점 더 내 키를 앞지르고, 처음에는 놀림을 샀던 한두 명 남자애의 변성기가 반 전체에 퍼져버린 것이다. 목소리도, 키도 5학년으로부터 고스란히 물려받은 나는 당연히 반장 선거에서 떨어지고, 당연히 운동회 계주 선수로도 뽑히지 못했다.

반에서 소문 퍼뜨리기를 좋아하는 녀석으로부터 어느 날 이야기 하나를 전해 들었다. 누가 목욕탕에서 우리 반 영식이를 만났는데 글쎄 영식이 고추에 털이 수북이 났다는 것이다. 놀리듯 말하는 녀석의 이야기를 들으며 글쎄 나는 기분이 이상해졌다. 반에서 나와 모범생 이미지를 다투는 영식이를 놀릴 거리가 생겨 좋기는 한데, 유독 영식이 이마에만 많은 여드름이 부럽게 느껴지기도 하고, 마침내는 털이 수북하게 나 있다는 영식이의 팬티 속 그곳이 궁금스러웠다.

남중으로 진학했다. 교실에서 같이 체육복을 갈아입을 때마다 친구들을 훔쳐보게 되는 습관은, 아직도 시작하지 않은 내 이차 성징 때문이겠지 생각했다. 친구와 나란히 소변을 볼 때면 내 것을 들키지 않는 게 숙제였다. 와중에 눈에 들어온 친구의 어른스러운 성기가 교실로 돌아와서도 밟히고, 밟히고, 흥분이 되는 건 그러나 그 이유를 한번 따져봐야 될 문제였다. 나를 행운아라 여기면서 살아왔다. 남들보다 발육은 좀 늦어도 공부 머리 하나는 타고난, 클로버로 치면 네잎클로버와 같다고. 하지만 중학생 때부터 나는 내 네잎클로버를 자꾸 의심해 봐야 했다.

정말 서른 살이 되도록 나는 내 네잎클로버를 의심하며 지내고 있다. 그래, 변변한 연애 한 번 해본 적이 없으니, 남들과는 내가 다른 것 같다. 그렇지만 그 이유가 내가 의심하는 '그 이유'일 거란 보장은 없지 않나. 남들보다 발육이 느리다는 것 외엔 나를 의심하지 않던 그런 시절도 있었으니까.

"누나, 설거지라도 해주고 갈게요."

"얘, 이사 도와준 것만도 고마운데. 놔둬."

"아니에요. 제가 할 데니까, 식탁에 앉아서 쉬엄쉬엄 이야기나 들려줘요."

이사 업체 사람들이 겁난다면서 나를 불렀던 친한 누나는, 업체 사람들이 다 빠진 뒤에 고기를 구

워주었다. 별로 한 일이 없었던 것 같아 나는 설거지라도 하겠다고 그랬다. 말리는 누나를 바로 뒤 식탁에다 앉히고 이야기를 계속했다. 별 이야기 말고 잡담. 그러던 와중에,

"누나, ...저 사실은 남자 좋아해요."

나는 저 말이 왜 나왔을까. 설거지 중이라 그나마 누나를 등지고 있었기 때문일까.

"뭐? 진짜? 앉아 봐. 누나랑 얘기 좀 하자."

누나는 아마 준비해 온 말 같이 들렸을 거다. 그러나 말을 뱉어 놓고 나는 멍하니 여남은 설거짓거리들을 닦아야 했다. 내가 쓴 글을 나보다 더 많이 좋아해 주고, "네 글들 중엔 왜 연애에 관한 글이 없어?"라며 내가 연애를 해봐야 더 좋은 글이 나올 거라고 계속 응원해 주던, 누나 앞에 마주 앉자, 나는 예상외로 마음이 차분해졌다.

"누나는 네가 빨리 좋은 짝을 찾아서 그분이랑 예쁜 사랑을 했으면 좋겠어."

서른 살인 올해까지도 내 네잎클로버를 의심해야 했다는 내 이야기를 다 듣고 난 뒤 누나가 내게 해준 말이었다. 지금도 늦지 않았으니 예쁜 사랑을 해보라는 말. 그러는 누나에게 네잎클로버인 내가 불쌍했다는 구절은 차마 내뱉지 못했다. 누나는 예상했다거나, 예상 밖이라는 말도 없었다. 모두 다 푸른 잎사귀인 클로버밭에서 네가 무엇이 됐든 상관이 없으니 하루빨리 좋은 사람을 만나보라는, 평소와 같은 응원이 전부였다. 누나의 새집을 나와 혼자 밤길을 걸어갔다. 클로버밭에서 네잎클로버를 찾아다녔던 고사리손도, 서른 살까지 이어지던 네잎클로버의 꽃말에 대한 의심도 나는 한꺼번에 다 내려놓았다.

사랑 없는 세계가
아닌 곳에서

공기와 꿈

서울에서 일하며 글을 씁니다.

계속 변하고 성장해 가길 바랍니다.

처음 무성애*에 대해 읽어 내려가던 순간을 명확히 기억한다. 6여 년 전 학기말 리포트를 쓰다가 스치듯 무성애라는 개념을 마주하고, 뛰는 마음으로 다시 위에서부터 본문을 찬찬히 읽어 내려가는 것으로부터 나의 정체화가 시작되었다. 문장마다 나를 설명하는 것으로 와 닿았고 알아갈수록 사춘기 이후의 일생 전체가 이해되는 느낌이었다. 나는 처음으로 이름을 찾은 것처럼 편안하고 기뻤다. 비록 겉으로는 나 또한 이렇다 표시하지 않았지만 나와 같은 사람들이 존재하고 연구되고 있다는 사실에 기뻐하며 해외 관련 서적들을 찾아 읽었다. 서툴게 적어 내려간 학기말 리포트가 어쩌면 내가 불특정 다수에게 보내는 첫 번째 커밍아웃이었는지도 모른다.

*성적 끌림을 적게 또는 아예 느끼지 않는 유형의 사람들을 말하며, 성적 끌림과는 별개로 상대에 대한 로맨틱한 끌림과 교류를 느끼는 사람과, 느끼지 않는 경우가 포함되어 있다. 인구의 1.7% 정도를 차지하니 비율로 따지자면 일부 MBTI 유형만큼이나 흔한 것이면서도, 겉으로 가시화되지 않기 때문에 미디어와 담론에서 자주 배제되는, 아직 많이 오해받는 개념임을 종종 여실히 느낀다.

그러나 스스로를 설명할 수 있는 이름을 가지는 것과, 그 이름으로 나를 이해해 달라고 누군가에게 요청하는 것은 별개의 일이다. 있는 그대로 나를 온전히 알아달라는 요청은 대개 그 요청을 받게 될 사람이 소중하기에 더더욱 어렵고 힘든 일이다. P에게 커밍아웃해야겠다는 마음이 생긴 건 내가 그를 진심으로 좋아하고 있다는 사실을 깨달은 순간부터였다. 타고난 성향과 성격 탓에 나는 늘 사람을 밀어내거나 관계 맺음을 피하는 편인데도 그는 떠나지 않고 계속 천천히, 정중하게 관심을 표현해 주었다. 어느 순간 정신 차려 보니 나는 배울 점이 많고 훌륭하고 아름다운 사람에게 있는 그대로 사랑받고 있었고, 나 또한 그런 감정을 되돌려주고 싶다는 마음이 들었다. 문제는 그가 좋게 보아주는 여러 가지 모습 중 나의 정체성은 한 번도 테이블 위로 꺼내놓지 않은 카드였다는 점이었다. 실로 행복과 불안 사이에서 외줄 타기를 하듯이 시간이 흘렀다. 카페와 커뮤니티를 뒤지며 유성애자와 연애하는 무성애자들이 언제 어떻게 이야기를 꺼냈는지 글을 전부 찾아 읽었다. 상대에 대한 마음이 생기기 전에 이야기하라는 말부터 사귀기 직전이 타이밍이라는 의견이나, 절대 이해 받지 못할 수 있음을 감안하고 끝을 준비하라는 말까지 사례와 조언은 천차만별이었다. 나는 반드시 말해야 했고, 말로 할 자신이 없어 글을 쓰기 시작했다. 편지를 완성하기까지 삼 주가 걸렸다. 이전에 써두었던 정체화 관련 일기를 기반으로 쓴 것인데도 수십번을 고쳤다. 메모장 앱에 넣어두고서 버스에서도 읽어보고 혼자 방에서도 읽어보고 자다가 깨서 다시 읽어보기도 했다. 이런 글을 쓰지도 보여주지도 않고 싶은 마음도 있었다. 내 다름을 꾹 모른척하고 앞으로 어떻게 되든, 어떤 일이 펼쳐지든 원하는 대로 다 맞춰주고 싶은 마음도 들었다. 그러나 상대에게도 그리고 나 자신에게도 거짓되고 싶지 않았다. 나는 마음속으로 결정을 내렸다. 한강에 가는 날에 말을 꺼내자. 카페나 식당에서는 못하더라도, 열린 공간이자 좋아하는 공간인 그곳에서만큼은 나의 다른 점을 꺼내 보이기 두렵지 않으리라는 생각이 들었다. 봄은 빠르게 만개했고 함께 한강에 가는 날은 생각보다 빠르게 찾아왔다. 함께 돗자리를 펴고 누워 있던 잔디밭에서 나는 P에게 글을 한 편 읽어 줄 수 있냐고 부탁했다. 혼자 다 읽은 후에 내가 있는 곳으로 데리러 외 달라고 했다. 나는 잔디 위의 그를 뒤로하고 강가로 걸어 내려가 물을 바라보았다. 그를 기다리는 시간이 영겁처럼 길게 느껴졌다.

편지를 받은 그는 제법 오랫동안 나를 찾아오지 않았다. 글을 빠르게 읽는 편임을 알았기에 그가 오지 않는 시간은 더 길게 느껴졌다. 내가 무슨 짓을 한 거지? 평생에 올까 말까 한 소중한 순간을 무참히 깨버린 것은 아닐까. 강의 수면에 흔들리는 빛이 무수히 쪼개져 일렁였다. 생각이 모두 흩어져서 기어코 아무 생각도 들지 않을 때쯤 그가 왔다. 있는 그대로의 나를 알고 난 뒤 내가 싫어진 것이면 어쩌나 두려운 생각이 들었다. 그는 내 옆 난간에 기대고 잠시 가만히 서 있었다. 한동안 말이 없던 그는 지금 당장, 앞으로가 어떨 것이다, 하는 확답을 줄 수는 없다고 했다. 그것은 자기가 아직 오래 고민해 보지 못했기 때문이라고 했다. 그 말을 듣자 내 자신의 두려움에만 온 신경을 집중했던 나머지, 이날이 그에게 얼마나 갑작스러울지를 뒤늦게 깨달았다. 내게는 천천히 정체화할 6년의 시간이 있었지만, 그는 이 모든 것이 처음이니까. 미안해진 나는 횡설수설했던 것 같다. 주류와 같지 않은 슬픔에 대해서, 그럴수록 내가 너에게 맞춰 보겠다는 등. 그러다가 말을 거두었다. 괜찮은 척 맞추기만 하는 것은 거짓말이니까. 나는 나야, 이런 나의 모습을 내가 사랑하지 않으면 나는 살

수가 없어. 그 후로 정확히 어떤 말이 오갔는지는 잘 기억나지 않는다. 해가 졌고, 자전거 도로를 따라 가로등 불이 켜졌고, 우리는 이윽고 더 이상 미래가 두렵지 않은 마음으로 어둑한 강변에 서서 함께 물결을 바라보았다. P의 결론은 이랬다. 둘 다 너무 일찍부터 걱정하지 말자고, 걱정하지 않아도 살면서 보낼 수 있는 즐거운 시간은 생각보다 짧고, 그 시간을 나와 함께 보내는 게 좋다는 것이었다.

　　나는 나라는 것을 말하는 것이 이토록 힘들어선 안 될 것이다. 그것이 힘들지 않은 세상이 어서 오길 바란다. 또 한편 나는 나라는 사실을 열어 보였을 때 어떤 결과가 돌아올지는 정말 예측할 수 없다는 것, 머릿속에서 아무리 수백 가지 시나리오를 그려도 그중 어떤 것이 펼쳐질지는 알 수 없다는 걸 실감했다. 나는 운이 좋았다. 그러나 운이 좋지 않았을 상황을 감안하더라도 그것은 일어났어야 할 일이다. 당황스러운 고백이었겠지만 내가 상처받지 않도록 천천히 다음 밀을 고르며 오랫동안 함께 강가에 있어 준 P에 항상 고마울 것이다. 그의 말대로 지금까지 우리는 함께 쭉 괜찮고 있다. 물론 어느 순간 괜찮아지지 않는 때가 올지도 모른다. 그러나 그것은 별수 없는 이치이고, 세상 누구에게나 언젠가는 찾아오는 일이다. 중요한 것은 그전까지 솔직한 형태로 시간을 채워나가는 것, 있는 그대로 진심을 담아 함께하는 것이다.

P에게 보낸 편지 중
(...)
그렇기 때문에 함께 걷거나, 마주 앉아 행복해하거나, 손을 맞잡은 순간에 나의 표정이 어두워지는 찰나가 있다면, 그것은 내가 진심으로 그 순간을 사랑하고 아끼고 있기 때문에 - 그리고 그것이 더 커지고 진해져 버려 세상이 일반적인 사랑으로서 요구하는 내밀한 형태에 부합해야 하는 기대에 맞닥뜨리는 상황이 온다면, 내가 그것들에 어울리지 않는 사람이라는 것이 현실화하고 그 때문에 상대가 실망하거나 떠나갈지도 모른다는 두려움이 머리를 스치기 때문이다.

어떻게 설명해야 할지는 잘 모르겠으나, 끌림에 대해 주류와는 조금 다른 주파수가 맞춰져 있는 것이라고 생각한다. 나와 같은 지향이라고 해서 사람과 세상에 대한 감정도 애정도 없는 것이 아니다. 여름에는 시시각각 달라지는 하늘과 번개를 머금은 무거운 비구름을, 겨울에는 길을 오래 걸을 때 콧등부터 차가워지는 느낌을 사랑한다. 강물의 표면에 햇빛이 닿아 눈부시게 부서지는 모습과 눈밭의 그림자가 드리운 흰빛과 푸른빛을 바라보는 것, 그리고 이 모든 것을 함께 나누고 같이 기억에 담을 수 있는 순간들을 사랑한다. 넘어진 사람을 일으켜 주거나 위험에 처한 사람을 그냥 두지 않는 인간 본연의 따뜻함을 사랑한다. 예전에는 먼발치에서 동경하는 사람들이 있었고 롤모델로서 좋아하는 사람들, 선한 행동과 말로 인해 존경하게 된 사람들이 있다. 그리고 지금은 나에게 한없이 확신의 표현으로 다가와 주는 사람을 좋아하고 있다. 잡아주는 확실한 손과 나눠주는 온기, 눈이 마주칠 때 짓는 미소를 사랑하며 그럴 때마다 마음에 행복이 전기처럼 흐른다.

　　가장 처음 이 글을 적기 시작했을 때는 편지가 아닌 스스로에게 보내는 일기의 형태였고, 그 일기의 제목에는 '사랑 없는 세계'라고 부제를 붙였었다. 그것은 한때 예전에 나 스스로를 가둬 두어야 한다고 믿어 의심치 않았던, 앞으로의 미래로서 자주 그려보곤 했던 텅 빈 세계이다. 그러나 물과 빛과 공기가 한 가지 모양이 아니듯이 사랑도 한 가지로 규정지을 필요가 없다면, 나는 사랑 없는 세계에서 살고 싶은 것이 아니다. 다만 나의 것 – 플라토닉하고 종종 한 발짝 떨어져 전해 보내는 나의 사랑을 포함한 다양한 모양의 사랑이 그 자체로 부족함 없고 괜찮다고 여겨지는 곳에서 살아가길 원한다. 신체적, 육체적 교류가 부재하면 결함이나 트라우마가 있거나 상대를 진심으로 사랑하는 게 아니라는 뉘앙스의 폭력적인 프레임이 미디어에서 사라지고, 영화에서도 책에서도 이러한 사랑의 형태가 자주 가시화되길 바란다. 나의 있는 그대로의 성격과 성향이 아끼는 사람에 대한 진심을 표현하는 것을 일찌감치 접어버리게 만드는 장벽이 되지 않길 바란다. 그리고 그런 날이 올 때까지, 종종 이해받지 못해도 슬퍼하지 않을 평정심과 단단한 중심을 가질 수 있기를 나 자신에게도 바란다. 적고 보니 바라는 것은 너무 많고, 해줄 수 있는 것은 너무 적다. 그러나 조금 다른 형태로나마 나의 사랑은 강하고 분명히 존재하며, 변함없이 항상 전송되고 있다. 그 마음이 있는 그대로 오래오래 전송될 수 있었으면 좋겠다.

◯ "내 다름을 꾹 모른척하고 앞으로 어떻게 되든, 어떤 일이 펼쳐지든 원하는 대로 다 맞춰주고 싶은 마음도 들었다. 그러나 상대에게도 그리고 나 자신에게도 거짓되고 싶지 않았다."

어느 날 네가 말했다,
나는 좀 다르다고

글

**25m, 강원, 경백, 공기와 꿈, 김종영, 김하루, 김현경
눙눙, 다소, 서아현, 유영, 이아로, 캐치볼, Me, parc, YOUNG**

초판 1쇄 펴냄 **2023년 6월 14일**

기획 **김현경, 송재은**
편집 **송재은**
디자인 **김현경**

펴낸곳 **warm gray and blue**
이메일 **warmgrayandblue@gmail.com**
인스타그램 **@warmgrayandblue**
출판 등록 **2017년 9월 25일 제 2017-000036호**

ISBN **979-11-91514-17-9 (03810)**